결국 행복하지
않은 날은 없었다

길이라는 것이
꼭 가야 되는 것은 아니다.
그러나 사람들은 억지로 가려 한다.
그러다 보니 부딪히는 것들이 많다.

@ 어느 날 오후

어느 날 오후 지음

결국

삶이 당신에게 많은 도전을 주고

꿈이 좌절되는 그 순간에도

믿었던 사람이 당신에게 상처를 주고

사랑과 이별의 순간에도

그럼에도 당신의 삶은

행복하지 않는 날은 없었다.

@ 어느 날 오후

살아 있는 모든 순간이 행복이었다.

삶은 단 한번도 당신에게 '불행해'라고 이야기한 적 없습니다.
그리고 당신이 불행하기를 원치 않습니다.

살아있는 모든 순간들이 행복하게 느껴지지 않을 수 있습니다.
그런 순간에도 결코 당신의 삶 자체가 불행한 것은 아닙니다.

누구나 살면서 처음으로 좌절을 느꼈을 때가 있었습니다.
생각해보면 그 좌절은 삶의 큰 부분을 차지하는 어떤 것이었을 수도 있고
그렇지 않은 사소한 것이었을 수도 있었습니다.

사건의 크기가 좌절의 크기를 결정하는 것이 아닙니다.

받아들이는 '나'의 입장에서의 주관적인 크기라 할 수 있습니다.

그 감정을 처음으로 느낀 이후 그리고 반복되는 좌절 속에서

삶이 불행하다는 마음이 커져 지금의 불행함을 느끼는 당신이 되었습니다.

처음으로 느꼈던 그 좌절과 그 불행이 없었다면 내 삶은 어떠했을까요?

행복한 내가 되었을까요?

아니면 또 다른 좌절로 인해 불행한 내가 되었을까요?

삶이 불행하게 느껴져도 결코 삶 자체가 불행한 것은 아닙니다.

우리 스스로가 삶에 불행을 입혔을 뿐입니다.

어릴 적 저 또한 모든 것들에 대해서 불행하였습니다.

남들에 비해 제가 가지고 있지 않은 것들 때문에

행복할 수 있었던 날들도 '불행하다'는 말을 찾기 위해 노력하였습니다.

그리고 그렇게 삶을 살아왔었습니다.

사실 삶은 저에게 단 한번도 '불행해'라고 말한 적이 없었지만

'내 삶은 늘 불행하다'고 스스로 생각하였습니다.

생각해보면 제가 제 불행함을 의지해서 삶을 지탱하고 있었던 것뿐인데 말이죠.

살아 있는 모든 순간이 고민과 힘듦, 어려움에 봉착했던 젊은 시절이었습니다.

아마 처음 느꼈던 조그만 고민과 '불행하다'라는 생각들이
제 삶의 불행에 대한 확신으로 인해서
더 확대되고 커져서 더 큰 불행이 되었을 것입니다.
어른이 되어 많은 경험들과 다양한 사람들을 만나면서
'삶은 불행한 것이 아니다.' 라는 것을 깨우쳤습니다.
특히 글을 쓰면서 다양한 분들과 삶과 글을 공유하면서
'인생에 있어서 행복하지 않았던 순간은 없었다.'는
것에 더 강한 확신을 가질 수 있었습니다.

사람들은 유독 남들보다 나 혼자만 더 불행하다는 생각을 하곤 합니다.
과거에 많은 힘듦과 상처들이 있었고
미래에도 그러한 나의 과거 상황들이 나아질 것 같지 않아 보이기 때문입니다.

사람은 본래 과거 속에 맴돌면서 미래를 보는 그런 존재입니다.

그러므로 현재가 행복해야 합니다.
현재가 행복하면 그만입니다.
현재가 행복하면 과거와 미래도 행복해질 수 있습니다.

왜냐하면 현재 자신의 행복함이 과거의 슬픔과 단절시키고
미래는 더 긍정적으로 생각하게 만들기 때문입니다.

어쩌면 모든 순간이 우리 인생에 있어 행복한 시간이었습니다.
슬픔, 아픔, 좌절과 같은 순간들도
지나고 보면 삶을 살아가는 행복 중에 하나였을 것입니다.
'결국, 행복하지 않은 날은 없었다.'

이 책의 글 하나하나가 삶에 지친 당신에게 희망과 용기를 줄 수 있는
그런 글들이 되었으면 좋겠습니다.
오직 당신이 잘 되었으면 좋겠다는 제 마음과 함께 말이죠.

과거의 슬픔을 묵묵히 가라 앉히고 미래를 위해 희생하는 현재가 아닌
현재를 행복하게 살아 갈 수 있는 당신을 위해서

이 모든 글들을 정리해서
당신의 마음에 살포시 올려 드립니다.

- 어느 날 오후의 서재에서

이 책을 읽는 당신이 이 순간 행복하고
삶을 스스로 나아갈 수 있는 진정한 용기를
얻을 수 있기를

@ 어느 날 오후

제1장: 인생

제2장: 꿈

제3장: 사랑

제4장: 이별

제5장: 사람

제6장: 회사

올해도 변함없이 제 글을
사랑해주시는 독자분들께
감사드립니다.

@ 어느 날 오후

제1장: 인생

살아 숨쉬는 모든 순간들이
나를 완성해 가는 시간이었다는 것을
세월이 지나 인생의 종착역에 다 달았을 때
사람들은 깨닫게 된다.
결국, 행복하지 않은 날은 없었다는 것을

@ 어느 날 오후

01.

'나'는 내가 존재하는 유일한 이유입니다.

인생이라는 것은 바로 사람살이입니다.
사람으로서 살아가는 것 그것이 바로 인생입니다.

사람살이 하다 보면 행복, 즐거움, 불행, 슬픔, 그리움과
같은 감정들이 매번 수없이 교차합니다.

또한 나와 다른 '너'
그리고 우리와 다른 '당신들'과 이런 감정들을 공유하게 됩니다.

그렇게 나와는 다른 사람들과 부딪히며 살면서
다른 사람으로부터 상처받고 또다시 상처받다 보니

어느 순간부터 나다움을 버리고 나의 목소리를 버리고
그렇게 남의 눈치를 보며 살게되었습니다.

그렇게 나를 버리고 다른 사람들과 덜 부딪히기 위해
다른 사람의 말로 말하고 다른 사람의 행동으로 행동하면서
'아 이렇게 사는 것이 내가 다른 사람으로부터
상처를 덜 받는 거구나' 생각하게 되었습니다.

하지만 그런 삶을 살면서
나라는 사람을 감추며 살면서
당신은 당신이라는 아름다운 꽃과 같은 존재를
멋있고 어여쁜 당신의 모습을
이 세상에서 스스로 죽여버렸습니다.

단지 사람들에게 당신이 받을 상처를 덜 받기 위해서 말이죠.
당신은 당신 자신에게 참 나쁜 사람입니다.

이제 아무도 당신의 존재감에 대해서 인식하지 못합니다.
그냥 고등학교 다닐 때 친구, 대학교 친구, 직장에서의 누구누구 씨와 같은
존재가 되었습니다.

또 스스로도 스스로를 '불행하다', '멋있지 않다', '할 수 없다'라 생각하며

못 믿게 되었습니다.

당신을 처음부터 감추게 만들었던
다른 사람으로부터 오는 상처로부터 이제 나와서
다른 사람들에게 당신을 알렸으면 좋겠습니다.

"나 여기 있어요! 나 정말 멋있고 예쁜 사람이에요!"
"나는 ○○○입니다!"

결국 나다움이란
내 주변의 다른 사람들에게 나의 존재를 알리는 것입니다.

그리고 나답게 살기 위해서는
무엇보다도 남들을 위해 내가 '~인 척'하고 있었던

내가 아닌 부분을 멋지게 인정하면 됩니다.

"그건 내가 아니야."

'나'는
이 세상에 내가 존재하는 유일한 이유입니다.

02.

내가 아닌 삶을 살게 되면 이, 그, 저의 삶이 됩니다.

지금 우리 앞에 두 갈래 길이 있습니다.
어느 길이 정답인지는 알 수 없습니다.
하지만 어떤 길을 선택하든지
우리는 그 선택에 따른 목적지에 도착할 것입니다.

그런 선택에 따른 삶인데
우리는 어려움이 닥치면 해답을 쫓지 못하고 남들이 생각하는
정답에 따라 움직이게 됩니다.

그리고 남에 의해 선택받지 못한 길은 포기한채
그 길을 가지 못한것에 대해 뒤늦게 후회하게 됩니다.

결국 행복하지 않은 날은 없었다

그 선택의 옳고 그름 때문이 아닙니다.
자신이 선택한 것이 아니라
남이 선택해주었기 때문에
후회하게 됩니다.

지금 무슨 일을 하든 인생에 정답은 없습니다.
단지 당신의 신념과 당신의 생각으로 정한
당신만의 해답이 있을 뿐입니다.
당신이 정한 해답과 함께 그 길을 걸어가야 합니다.

이 친구가 이렇게 이야기한다고
그 친구가 그렇게 이야기한다고
저 친구가 저렇게 이야기한다고

속닥속닥
휘둘리며 살다 보면, 선택지도 없고 목적지도 없는
이, 그, 저의 삶이 되고 맙니다.

그렇게 내가 가야 할 길을 잃게 됩니다.

내가 가야 되는 진정한 나의 길은
비바람이 불어 인생의 자전거가 흔들릴지라도

내가 스스로 선택한 길이 되어야 됩니다.

남들의 눈치를 살피며 만들어간 길을 가지 마세요.
그 답은 절대 당신을 위한 정답이 될 수 없습니다.

결국 행복하지 않은 날은 없었다

03.

어려운 상황에서도 내 자신을 믿는다는 것은

꿈을 가지고 시작한 공부도
굳은 결심을 하고 시작한 창업도
다음 단계로 넘어가기 위해서는
예측하지 못한 어려운 상황과 맞닥뜨리게 됩니다.

어려움의 시간이 생각보다 길어질 때
나아지는 것이 전혀 보이지 않을 때

눈으로 봐도 어려워 보이고 귀로도 어렵게 들리고
그렇게 당신의 감각으로부터 뇌로 들어오는 지속적인 '어렵다'라는
입력정보가 당신을 포기하게 만듭니다.

안개 속에 갇힌 길을 걸어 보세요.

우리 눈 앞에 보이지 않는 길로 인해서

'이 길의 끝에는 무엇이 있을까? 내가 가는 방향이 맞는 건가?'

생각하며 한 발짝도 움직이지 못하고 멈추게 됩니다.

그리고 나의 꿈과 처음의 굳은 결심을 의심하게 됩니다.

그래도

안갯속에서 눈으로 보이지 않는 그 길을

주변에서도 어렵다고 포기하라고 나의 귀에 이야기하는 그 길을

당신의 마음으로 보고 의심을 버려야 합니다.

저 길의 끝에는 분명 나의 삶이 있을 것이라고

그렇게 나의 신념과 두 다리를 믿고 다음 발을 내디뎌야 합니다.

결국 어려운 상황에서도 자신을 믿는다는 것은 두 눈으로 길을 보는 것이

아니라 두 발로 의연히 걸어가는 것입니다.

"나는 할 수 있다."

그렇게 나 자신을 믿고 전폭적으로 나 자신을 지원해 주는 것입니다.

지금의 어려운 상황을 돌파 할 수 있는 사람은 오직 당신뿐입니다.

결국 행복하지 않은 날은 없었다

04.

당신은 매 순간 행복해야 될 존재입니다.

잔잔한 호수에 돌을 던지면
돌을 던진 지점으로부터 물결이 출렁이기 시작합니다.
출렁이는 물결은 영원히 갈 것처럼 그렇게 사방으로 퍼져 나가다가
호수 밖으로 다다르면 어느 순간 홀연히 사라집니다.

우리 인생도 잔잔한 호수에 던져진 돌이 만들어낸 물결과도
같습니다.

왜냐하면 계속해서 흘러갈 것 같지만
언젠가는 그 힘이 다 되어 사라지기 때문입니다.

그런 인생이기에 지금 이 순간은 당신에게 가장 중요한 시간입니다.

그래서 행복해야 됩니다.

당신은 매 순간 행복할 가치가 있는 존재입니다.

어느 누구도 당신이 행복할 시간에 영향을 줄 수 없습니다.

부정적인 생각, 늘 불행하게만 느껴지는 삶, 남 탓 그리고

세상 탓은 접어 두어야 합니다.

결코 사실이 아닙니다.

그런 생각이 들 때는 '그것은 사실이 아니다' 라고

내 마음에 전해주세요.

세상은 우리의 상상처럼 우울한 곳이 아닙니다.

긍정적인 생각, 활기찬 삶을 살아야 합니다.

다른 이에 의해서 불행하게 살기에는 정말 내일을 알 수 없는 삶입니다.

결국 행복하다는 감정은 누구에게나 평등합니다.

단지 사용하는 사람에 따라서 불행도 될 수 있고 행복도 될 수 있습니다.

05.

매 순간 부정적인 생각이 든다면

사람들은 부정적인 생각을 긍정적인 생각보다 많이 합니다.
무엇보다 부정적인 생각이 긍정적인 생각보다 대하기도 편합니다.

'잘 안 될거야, 역시 난 안돼, 나는 늘 최악이야, 내가 그러면 그렇지.'
라고 생각하면 체념을 하게 되어 걱정을 내려놓을 수 있기 때문입니다.

조금의 위로도 될 수가 있겠지요.

사람 마음이 그렇습니다.

그런데 문제는 이런 부정적인 생각들이 지속되어

당신을 아프게 하고 당신의 삶을 망가트립니다.

또한 부정적인 생각들이 모여서
더 큰 부정적인 생각으로 발전하게 되면
그로 인해 우울증에 빠질수도 있습니다.

그래서 수많은 매체들이 긍정적인 삶을 사는 것을 제안하고 있습니다.
다행히 부정적인 생각을 긍정적으로 전환할 수 있는 힘이 있다면
그렇게 하면 됩니다.

하지만 긍정적으로 상황을 아무리 생각해보아도
암울한 때가 있습니다.

아무리 발버둥쳐도
도저히 변화가 안되는 그런 부정적인 상황들 말이죠.
그리고 긍정적으로 생각을 하기에는 이미 너무 지쳐버렸습니다.

그때는 부정적인 생각을 그냥 마음속에서 꼬깃꼬깃 접어서
버려버리면 됩니다.

부정적인 생각이 들 때마다
"그건 사실이 아니야, 나랑 상관없어, 잘가."

"부정적인 생각아, 너 무슨 말 하고 있는 거야? 난 이해가 잘 안되네."
라고 마음속에 부정적인 생각과 이야기하고

순간순간 부정적인 생각과 이별해 보세요.

너무 힘든 상황에서는
굳이 부정적인 생각을 긍정적인 생각으로 전환하려 하지 마세요.
부정적인 생각을 긍정적인 생각으로 바꾸는 것도 일입니다.
그러면 당신이 먼저 지치게 됩니다.

그래서 긍정적으로 전환이 불가능한 부정적인 생각이라면
그때마다 당신 밖으로 버리면 됩니다.

"잘가! 부정적인 생각아., 무슨 말 하는 거니?

내가 머리가 나빠서 너가 무슨 말 하는지 도무지 모르겠다!"

06.

고민이 너무나도 많은 당신에게

즉흥적으로 하고 싶은 것을 다 생각해보세요.

그리고 글로 모두 적어 보세요.

그것이 아마 당신의 버킷리스트일 것입니다.

대학교에 입학해 새로운 친구들을 만나고

친구들과 또는 혼자 배낭여행을 가고 영화 같은 사랑도 해보고

회사에 입사해

월급으로 내가 하고 싶은 것을 하고

사고 싶은 것도 사고 있을 나의 모습

또한 회사에서 멋지게 성장해 있을 나의 모습

멋있는 배우자를 만나 잊을 수 없는 결혼식을 하고
가정을 꾸리고 아이를 낳고
좋은 아빠 엄마가 되고

세상에는 정말 하고 싶은 것도 해야 할 것도 많습니다.
그런데 이 모든 것을 다 하기에는 능력이나 행운이 부족한 것이 아니라
결국 시간이 부족합니다.

그러므로 '어떻게 인생을 살아갈까?' 하고
이것저것 생각하고 고민하는데
너무 많은 시간을 소비해서는 안 됩니다.

우리는 하루에도 수만 가지 생각을 합니다.
그런 생각들에 쌓여서 정말 고민만 하는 때가 많습니다.
생각해보면 고민한 시간이 결정하고 시작한 시간보다 더 많을 것입니다.
우리의 자연스러운 본능입니다.

고민한다는 것 그 자체가 나쁘다는 것은 아닙니다.
고민한다는 것은 최소한 당신은 당신의 삶에 대해서 진지함과
신중함을 가지고 있는 사람이라는 것을 의미합니다.

그런데 너무 많은 고민으로
결정을 못 내리는 것이 문제입니다.

그래서 주변에 고민에 대한 답을 줄 수 있는 가능한 모든 사람에게
물어본다고 많은 시간을 소비하게 됩니다.

디지털 사회를 넘어 소셜네트워크 서비스(SNS) 세대가 되면서
우리는 너무 많은 정보와 넓어진 선택의 폭 때문에
무언가 결정하는 것이 더 어렵게 되었습니다.

하지만 기억하세요. 인생은 결코 길지 않습니다.
우리가 하고 싶은 일을 하기에도
인생은 너무나도 부족한 시간으로 채워져 있습니다.

돈이 없어서 용기가 없어서 하고 싶은 일을 다 못하는 것이 아니라
우리가 살아갈 날들이 너무나도 짧아서 다 할 수가 없습니다.

인생은 짧습니다.

07.

인생은 당신의 방식으로 신나야 합니다.

매일매일이 나만의 방식으로 신나야 합니다.

달력에 있는 나이는 한 해 한 해 들어가지만

내 삶은 하루하루 지나가고 있기 때문입니다.

저는 매일 아침 커피 믹스 한 잔을 마십니다.

질 좋은 맛있는 커피들도 마셔보았지만

저는 늘 커피 믹스를 마십니다.

그것이 제 삶을 움직이는 매일매일의 방식입니다.

아침의 커피 믹스 한잔과 함께 저의 오래된 머리가 돌아가기 시작하고

그렇게 하루가 시작되고
그렇게 하루가 저뭅니다.

누구에게나 그만의 방식으로 흘러가는 하루가 있습니다.

인생은 그렇게 매일매일 흘러갑니다.

제 글을 읽고 있는 당신의 이 순간에도 말이죠.

당신의 방식으로 매일매일을 신나게 보내야 합니다.
그리고 그 방식은 누구도 방해할 수 없는 그런 것들일 것입니다.

결국 행복하지 않은 날은 없었다

08.

인생은 항해와 같습니다.
  그래서 두렵고 불안합니다.

배를 타고 먼바다를 나가 항해하다 보면
배를 좌현으로 또는 우현으로 틀어야 하는
'터닝 포인트'가 오기 마련입니다.

왜냐하면
내가 처음 시작한 길이 잘못된 방향이라서
아니면 더 나은 방향으로 가기 위해서
방향을 바꾸어야 할 때가 오기 때문입니다.

그리고 그때의 그 전환점은
바로 앞에 보이는 인생의 고비고비를 보고 움직이는 것이 아니라 멀리 있는 나의 최종 목적지를 보고 움직여야 합니다.

배의 방향을 바꾼다는 것은
배 전체라는 내 삶을 움직이는 것입니다.

그래서 내 삶의 모든 부분에 책임을 지는 사람으로서
배의 방향을 바꾸어야 합니다.

책임을 진다는 것은 참 무섭고도 두려운 말입니다.
왜냐하면 책임 속에 들어 있는 내용이
우리를 그렇게 만들기 때문입니다.

하지만 배의 방향을 바꾸기 위해서는
책임이 배의 중심이 되어 배의 방향을 바꿀 수 있게 만들어야 합니다.

책임을 져야 되는 순간은 약해져서는 안 됩니다.
강해져야 합니다.

배의 방향을 바꾸는 순간
당신이 무너져 내리면 배는 당신이 원하는 방향으로 움직이지 못해
방향을 틀지 않은 것만 못하게 됩니다.

그래서 당신은 두렵고 험난한 인생의 바다속에서
모든 것의 책임으로서 나아가야 합니다.

왜냐하면 누구도 간섭할 수가 없는 당신만의 인생이기 때문입니다.

09.

삶에서 늦은 출발이
　꼭 늦은 도착을 의미하는 것은 아닙니다.

삶에서

늦은 출발이 꼭 늦은 도착을 의미하는 것은 아닙니다.

내가 늦었다고 생각하게 되는 것은
나와 다른 상대방을 비교하기 시작할 때 시작이 됩니다.

하지만 인생에서 늦고 빠름의 차이는
찰나의 차이라 할 수 있습니다.

만약에 빠른 출발이 빠른 도착을 의미한다면
이 세상에 노력하는 사람은 아무도 없을 것입니다.

　　　　　　　결국 행복하지 않은 날은 없었다

결과는 뻔하기 때문이죠.

하지만 이 세상은 그렇지 않습니다.
빠른 출발이 늘 빠른 도착을 의미하는 것은 아닙니다.

결국 늦었다는 것도 내가 만들어낸 공상과학 소설과도 같은
감정일 뿐입니다.

그래서 남들보다 늦게 출발점에 섰다고 해서
실망할 필요 없습니다.

왜냐하면 당신이 늦게 도착하지 않을 것을 스스로도 잘 알기 때문입니다.
당신의 노력과 당신의 인생은 당신을 절대 실망시키지 않을 것입니다.

10.

인생은 모든 순간이 선택입니다.
  하지만 정답은 없습니다.

인생의 모든 순간이 선택입니다.

하지만 선택을 하는데 있어서 정답은 없습니다.

과일가게를 가서 과일을 하나 산다고 생각해보면

사과를 살지, 딸기를 살지, 멜론을 살지

많은 고민을 하다 결국 과일 하나를 선택하겠지만

결국은 당신은 과일을 산 것입니다.

또한 매 순간 선택에 있어서 많은 고민을 해서는 안됩니다.

결국 행복하지 않은 날은 없었다

단지 선택을 통해서 그 일을 시작해 보는 것이
더 중요합니다.

계단을 올라야 하는 상황이 생겼다고 생각해보세요.
이 계단이 오르기 쉬운 계단인지 오르기 힘든 계단인지는
결국 계단에 당신의 발을 올려봐야 알 수 있습니다.

고민이 많은 일일수록
시작부터 해야 합니다.

그렇지 않으면 계단을 오르기도 전에
육체가 아니라 정신이 지쳐서 포기하게 됩니다.

또한 그 순간의 나의 선택이 옳았다는 것은
당신이 계단을 모두 올라가 봤을 때 알 수 있는 것입니다.

11.

무언가 꼭 선택하지 않아도 됩니다.

삶은 항상 선택이라고 합니다.

하지만 선택 뒤에 오는 책임 때문에

무언가를 선택하기에는 참 많은 고민이 따릅니다.

유학을 갈지 아니면 직장생활을 더 할지

회사를 옮길지 아니면 더 다닐지

결혼을 할지 아니면 연애만 할지

하지만 꼭 선택해야 할까요?

어릴 적부터 우리는 객관식 문제와 만나게 되면

하나는 찍어야 한다는 생각을 하게 교육되어 왔습니다.

결국 행복하지 않은 날은 없었다

내가 만든 객관식 문제에 대해서 잠시 연필을 내려놓고
'지금 당장 무엇을 선택해야 해!' 대신에 선택하지 않으면 어떨까요?
의무감으로 무엇인가를 선택하면 반드시 후회하게 됩니다.

선택의 길에서 굳이 그 길을 가지 않아도 됩니다.
'저런 길도 있구나' 하고 멀리서 바라봐도 좋습니다.

어렵다고 생각되는 일, 도저히 지금으로서는 답이 없는 일을 위해
그 길을 억지로 걸어가지 않아도 됩니다.

길을 가지 않는 것은
그 상황을 객관식 문제로 만들지 않고
나 자신을 선택의 순간에 얽매이지 않게 해줍니다.

그것이 지혜로운 삶입니다.

12.

처음도 중요하지만 가장 중요한 것은
  아름다운 마무리입니다.

무슨 일이든

처음이 화려한 사람들이 있습니다.

그리고 끝에는 지탄을 받고 내려오거나 흐지부지되어서 내려옵니다.

인생은 하나의 아름다운 연주회와 같습니다.

무대에 올라 박수갈채를 받는 것도 중요하지만

연주회가 끝나고 박수갈채를 받으며 내려오는 것은 더욱 중요합니다.

처음의 박수갈채가

주변의 기대 심리와 잘 해보라는 격려의 박수갈채라면

무대에서 내려올 때의 박수갈채는

결국 행복하지 않은 날은 없었다

오로지 연주를 잘 마무리 지은 사람만이
받을 수 있는 그런 박수일 것입니다.

마무리
그것은 단지 끝이 아니라
나를 완성해 갔던 그런 시간일 것입니다.

13.

혼자라고 생각할 때에도 혼자가 아닙니다.

늦은 퇴근 후

또는 도서관에서 공부하고 마지막으로 나오는 시간

회사와 도서관 문을 열고 마지막으로 나오는 그때의 적막함 속에서도

문을 나와 머리를 올려 밤 하늘을 보면

밤하늘의 별들이 너무나도 아름답게 빛나고 있습니다.

인생은 그렇게 혼자가 아닙니다.

혼자라고 생각하는 그 시간 또한 혼자가 아닙니다.

단지 나 스스로가 지금 너무 외로워서 그런 것뿐입니다.

결국 행복하지 않은 날은 없었다

혼자라는 것은 외로움이라는 감정입니다.
그리고 그런 마음을 느끼고 싶은
나 자신이 만들어 낸 위안일 뿐입니다.

그런 위안이 쌓이면
사람은 더 외로워집니다.

그 위안을 더 만들어 내기 위해서 말이죠.

그 위안으로부터 지금 당장 나와야 합니다.
당신이 더 이상 외롭지 않기 위해서 말이죠.

14.

꽃이 아름다운 이유는
  그만의 계절이 있기 때문입니다.

꽃이 아름다운 이유는
그만의 계절이 있기 때문입니다.

사람살이, 인생도 그러합니다.

인생이 늘 아름답게 핀 꽃 같으면 얼마나 좋을까요?
하지만 인생의 아름다운 계절은 꽃처럼 언젠가는 지게 마련입니다.
그래서 인생의 황금기와 같은 시절을 가장 찬란하게 보내야 합니다.

찬란하게 꽃피우고
아름답게 지자.

그래서

우선 나 자신에게 용기를 내보아야 합니다.

나 자신에게 용기를 냄으로써

나 자신이 지금까지 마음속에 숨기고 담아 두었던 꿈과

그에 따른 계획을 행동으로 시작을 해 볼 수 있습니다.

이제 당신 인생의 꽃을 지금 당신의 계절 속에서

찬란하게 피울 때가 되었습니다.

용기와 함께 시작해보세요.

15.

인생의 다양한 계절이 사람향기를 만들어 갑니다.

계절을 보면
짧게는 낮과 밤이 있고
길게는 봄, 여름, 가을, 겨울이 있습니다.

사람의 인생도 계절과 같이
매일매일의 희로애락이 있고
올해와는 다른 내년이 있습니다.

그리고 그렇게 즐거워하고 슬퍼하고
새로운 누군가를 만나고 다시 이별하고
기뻐하고 슬퍼하고

그렇게 아름다운 계절과 시린 계절을 통해 사람 향기를 만들어 갑니다.

다만 사람이 꽃과 다른 것이 있다면
어쩌면 나이가 들수록 인생의 향기가 더욱 더 짙어진다는 것입니다.
그 향기로움은 어느 꽃과도 비교할 수 없습니다.
당신은 바로 그런 사람입니다.

꽃마저 당신을 질투할 수 있게
지금의 어려움을 슬기롭게 극복하고
아름다운 향기가 나는 사람이 되어 보세요.

그리고 이미 어려움을 극복하기 위해
몸을 움직였다면
당신은 반 이상 성공을 한 것입니다.

16.

꽃이 남들보다 늦게 핀다고 해서
  꽃이 덜 싱그러운 것은 아닙니다.

노력한 것보다 결과가 느리다고 해서
자신의 능력을 비하하거나
자신을 미워하지 마세요.

정말 최선을 다했다면
그것만으로도 그 도전은 값진 것이라 생각합니다.
그리고 조급해하지 마세요.

인생의 봄이 늦게 온다고 해서
남들보다 꽃이 늦게 핀다고 해서
남들보다 덜 싱그러운 것은 아니니까요.

결국 행복하지 않은 날은 없었다

봄은 늦게 오든 빨리 오든 똑같은 봄입니다.

그리고 당신이라는 꽃이 늦게 핀다고 해서
꽃이 아닌 것도 아닙니다.

당신이라는 꽃이 필 때까지
그렇게 조금씩 조금씩
오늘을 만들어가면 됩니다.

너무 조급해 하지 마세요.
조급함보다는 꾸준함이 더 중요합니다.

17.

인생을 느끼며 사세요.

"인생은 느끼는 자에게 비극, 생각하는 자에게 희극이다."
라는 말이 있습니다.

하지만 인생을 느끼지 못하고 산다면
그것은 인생의 아름다움과 슬픔을 모르고 사는 것과 마찬가지입니다.

인생을 느끼고 사는 것이 잘못된 것이 아닙니다.
나 스스로를 그 안에 가두기 때문에 문제가 되는 것입니다.

아래 말을 명심해 주세요.
아픔 없이 성숙하는 사람은 없으며

이별 없이 이루어지는 다음번 사랑은 없고
오해 없이 깊어지는 우정이 없으며 고통 없이 이루어지는 꿈도 없으며
실패 없이 이루어지는 성공 또한 없습니다.

그래서 아픔, 이별, 오해, 고통, 실패를 느끼며
살아도 됩니다.
단지 그 안에 나 스스로를 가두지 마세요.

당신은 단지 성숙한 사람, 진실한 사랑, 깊어지는 우정,
멋있는 꿈, 성공을 위해
지금 인생의 무게를 느끼고 있는 것 뿐입니다.

햇볕이 내리쬐는 곳이 있으면
또한 그늘도 있기 마련입니다.

찬란한 인생에도 또한 그늘이 있는 이유는
가끔은 쉬어 가기 위해서입니다.

햇볕이 늘 든다고 해서
반드시 좋은 인생은 아닐 것일 겁니다.

그러니 인생을 느끼며 사세요.

18.

인생에서 시간이 지나간다는 것은

인생에 시간이 지나가고 있다는 건 이런 것이에요.

사랑했던 누군가가 가슴속에서 조금씩 희미해져 간다는 것

또 다른 누군가가 가슴속에서 그리워진다는 것

삶에서 꿈이 조약돌만큼 작아져 간다는 것

가끔은 현실과도 타협하는 방법을 알아간다는 것

결국 행복하지 않은 날은 없었다

하지만 멋지게 늙어간다는 것

우리는 이것을 인생에서 시간이 지나간다고 합니다.

19.

어둠 속에서만 희망을 볼 수 있습니다.

정작 희망을 가질 시간은
희망이 보일 때가 아니라 희망이 보이지 않을 때입니다.

도시가 아닌 캄캄한 어두운 밤길을 걷다 보면
밤하늘에 수많은 별들을 볼 수 있습니다.

그런 별들도 대도시로 가면 잘 보이지 않습니다.

밤하늘에 별처럼 희망이라는 불빛은 밝은 곳에서는 잘 보이지 않습니다.
왜냐하면 밝은 곳에서는 저 멀리 하나의 희미한 불빛으로만
우리에게 보이기 때문입니다.

결국 행복하지 않은 날은 없었다

어두운 곳에서 더욱더 환히 보이는 것이 바로 희망입니다.
그래서 희망은 밝은 곳에서 찾는 것이 아니라
어두운 곳에서 찾는 것입니다.
그리고 그 희망의 불빛이 더 빛날 수 있게
굳은 마음을 지니면 됩니다.

지금의 힘든 상황으로 인해서 마음이 지치고
아무것도 보이지 않는다 해도
지금 서 있는 이곳에서
당신은 희망을 볼 수 있습니다.
아마 당신의 희망도 당신을 보고 있을 것입니다.

희망이 보이지 않는 곳
그곳이 바로 당신이 희망을 찾을 수 있는 곳입니다.

희망과 함께 앞으로 나아갑시다.

20.

희망 사용법

희망이란 긍정의 말은
사람을 게으르게도 또한 움직이게도
할 수 있는 힘을 가지고 있습니다.

다들 오늘 할 일이 있는데 내일로 미루었던
경험이 있을 것입니다.
그건 내일이라는 희망이 있기에 다음으로 미룰 수가
있기 때문입니다.

또한 축구 후반 종료 1분전 0대 0으로 비기고 있거나
0대 1로 지고 있을 때

결국 행복하지 않은 날은 없었다

이길 수 있다는 희망이 있어 열심히 뛰게 되지만
0대 3으로 크게 지고 있다면 그보다는 덜 열심히 뛰게 되지요.

이렇게 희망은 우리 마음에
두 얼굴을 가지고 살아가고 있습니다.

그래서 이런 희망의 속성을 거꾸로 사용해보면 어떨까요?

오늘 해야 하는 일인데
미루고 싶다는 생각이 들면
내일은 없다고 생각을 하고 일해보고
무언가 희망이 없는 상황에서도
그래도 희망은 있다고 생각을 해보세요.

좀 더 희망이란 말을 더 잘 사용할 수 있을 것입니다.

21.

힘든 날이 지나야 봄이 옵니다.

계절의 변화만큼

인생은 오고 가고 그렇게 흘러갑니다.

이를 통해 당신만의 계절이 완성됩니다.

봄이 되어야 피는 꽃처럼

가을이 되어야 익어가는 과일처럼

지금은 때가 아닐 뿐입니다.

그러니 실망하지 않았으면 좋겠습니다.

꽃도 이렇게 자신의 시간을 기다리며 겨울을 나는데

하물며 꽃보다 아름다운 당신의 인생은 더욱 그럴것입니다.

사람의 인생 또한 힘든 날을 오로지 견뎌내야
돌아오는 계절의 행복을 느낄 수 있습니다.

그러니 걱정하지 마세요.
봄이 와서 한껏 피우는 꽃처럼
당신의 힘든 날이 지나가면
당신도 인생의 꽃을 한껏 피울 것입니다.

22.

서러움, 억울함이라는 장작

서러움, 억울함은

내 몸의 폭발하는 뜨거운 감정들입니다.

몸에 쌓아 놓으면 나를 더욱더 뜨겁게 만들게 됩니다.

그 뜨거움이 지금 당신의 육체와 정신을 더 아프게 만듭니다.

차라리 이 에너지를 다른 에너지로 전환해 보면 어떨까요?

서러움, 억울함이라는 장작이 당신 앞에 있습니다.

정말 너무 서럽고 억울하고 힘들게 만들어

나를 이렇게 뜨겁게 만든 장작들입니다.

결국 행복하지 않은 날은 없었다

이 장작들을 내가 앞으로 나아가려는 곳으로 가게 해주는
에너지로 사용하는데 태워보세요.

그것이 운동이 될 수도 있고
아니면 공부가 될 수도 있습니다.
그것도 아니면 목표한 어떤 일에 대한 달성이 될 수도 있겠습니다.

뜨거운 감정의 장작은 내 몸에서 태워 없애야 됩니다.
그렇게 태워 없애 생각에서 비워냄으로써
지금의 힘든 상황에서 벗어 날 수 있습니다.

23.

삶에서 가장 중요한 자세는
지금의 문을 닫고 다음 문을 열 수 있는 용기입니다.

삶에서 가장 중요한 자세는

지금의 문을 닫고 다음 문을 열 수 있는 용기입니다.

나 자신의 삶을

오로지 나 스스로가 주인이 되어 결정할 수 있도록 하는 그런 용기

저 또한 20대 후반에 제 인생을 바꿀 만한 중요한 시험이 있었습니다.

그 시험에 도전하기로 결정을 하였고 그렇게 공부를 시작하였습니다.

결과는 불합격이었습니다.

한동안 친구도 만나지 않고 혼자 조용히 제 인생을 돌아보았습니다.

결국 행복하지 않은 날은 없었다

제 인생이 끝난 것 같았고
이제 삶을 어떻게 살아야 할지 다시 도전해야 할지
혼자 많은 고민을 하였던 시절이었습니다.

많은 고민을 하였지만 생각만 많아지고
아무것도 할 수 없던 그런 나날들이었습니다.

그런 나날들이 지나가고
인생의 방향을 바꿈으로써
지금은 제가 하고 싶은 일들을 하며 살고 있습니다.

충분히 나 자신을 추스렸다면
다음 문을 열어야 합니다.

사람들은 다음 문이 무엇인지 이미 알고 있습니다.
그리고 용기 있게 다음 결정을 했다면
손으로 문손잡이를 잡고 열은 뒤 발을 지면에서 앞으로 올려
다음 문을 열고 넘어가면 됩니다.

삶에서 가장 중요한 자세는
지금의 문을 닫고 다음 문을 열 수 있는 용기입니다.

어떤 결과든지 확실한 것은 결과를 통해서 당신은 다음 문으로
당신을 움직이게 할 수 있다는 것입니다.

문을 열고 지금 있는 방에서 나와 다음 방으로 용기 있게 넘어가야 합니다.

당신은 할 수 있습니다.

결국 행복하지 않은 날은 없었다

24.

젊음은 숫자가 아닌 마음으로 세는 것입니다.

지금 당신의 나이가 몇 살이든지
중요하지 않습니다.

하지만

지금 이 순간에도
당신이 다양한 이유로
고민하며 살고 있다면 당신은 젊습니다.
그것이 어떤 것이라도 좋습니다.

젊다는 것은
사랑한 날보다 사랑할 날이 더 많다는 것
도전한 날보다 도전할 날이 더 많다는 것
후회한 날보다 후회할 날이 더 많다는 것
고민한 날보다 고민할 날이 더 많다는 것

그렇게 숫자로 세는 것이 아니라
마음으로 세는 것입니다.

결국 행복하지 않은 날은 없었다

25.

혼란 속에서도
안개를 헤쳐 나아가 궁극에 이르기를

혼란 속에서도
혼란이라는 안개를 헤쳐 나아가고 있다면
그것은 더 이상 불행이 아닙니다.
안개는 당신이 헤쳐 나아가야 할 하얀 수증기에 불과합니다.

혼란 속에서도 혼란이라는 안개를 헤쳐 나아가고 있다면
삶은 아직 혼란속에 있겠지만
당신의 삶은 긍정적으로 흘러가고 있는 것입니다.
왜냐하면 안개속에서도 당신이 목적지로 움직이고 있기 때문입니다.
그리고 그 목적지는 당신의 신념으로 정하면 됩니다.

혼란 속 안개를 보면
분명 상황은 부정적인 것이 맞습니다.
한발 나아 갈 수 있는 길이 보이지 않기 때문입니다.

하지만 그 부정적인 상황 속에서도
당신은 당신에게 곧 다가올 멋진 순간을 위해
오늘 하루를 지혜롭게 헤쳐나가야 합니다.

다가올 멋진 순간을 위해
지금의 혼란을 끝까지 걸어가
궁극에 이르는 멋진 사람이 되어주세요.

불행 속에서도 삶을 긍정적으로 흘러가게 할 수 있는
사람은 결국 자신뿐입니다.

26.

이제 앞으로 나아갈 때가 되었습니다.

해결되지 않는 끝없는 고민과
친구로부터의 위로와 동정을 받으며

그리고 주변 사람들에게 이해를 바라고
"나 힘드니 이해해주세요!" 라고 이야기하고

세상에 '나 힘들다'를 열심히 외쳐보아도
돌아오는 것은 '나 힘들다'라는 메아리뿐입니다.

당신의 힘듦을 사람들은 들어줄 수는 있어도
해결해 주지는 못합니다.

결국 나 자신을 가장 잘 이해하고
이 상황을 구제해 줄 수 있는 사람은

오직 나 자신뿐입니다.

그렇다고 사람들에게 조언을 구하고
위로를 받고
나의 힘듦을 이야기하는 것이 나쁘다는 것은 아닙니다.

그런 과정이 다 지나갔다면
이제 나 스스로 그 상황으로부터 빠져나와
앞으로 나아가야 합니다.

결국 행복하지 않은 날은 없었다

27.

힘든 짐을 잠시 내려놓기로 해요.

힘든 짐이라는 것은
아마 당신이 가지고 가야만 한다고 생각하고 있는
무언가 무거운 책임감입니다.

그 책임감이 너무 무겁다 보니
당신의 삶을 짓누르고도 남았을 것입니다.

그래도 당신은 참 멋진 사람입니다.
그리고 정말 잘 살았습니다.
힘든 짐이지만 그 일에 대한 책임을 질 줄 아는 사람이기 때문입니다.

그래서 나 아니면 안되라는 책임감으로
지금까지 그 짐을 짊어지고 있었습니다.

하지만 그 무거운 짐이 지금
당신을 아프게 하고 힘들게 하고 있습니다.

당신이 가진 그 무거운 짐을 다 가지고 갈 필요가 없습니다.
그리고 너무 무거우면 주변에 나누어 주어도 됩니다.

그래서 '주변'이라는 것이 있는 것입니다.

그리고 가끔은 포기해도 괜찮습니다.
포기 또한 실패가 아닙니다.
그것은 무거운 짐을 잠시 내려놓는 것뿐입니다.

그 짐을 다시 들어 올릴지 아니면
내려놓을지는 잠시 쉬었다가 생각해보세요.

아니면
나도 모르게 시간이 해결해 줄 수도 있습니다.

결국 행복하지 않은 날은 없었다

28.

후회한 시간도 나를 위한 최선의 시간이었습니다.

후회하지 않고 사는 사람은 없습니다.
그래서 사람은 가슴속에 미련을 가지고 삽니다.

정거장을 이미 지나친 버스를 다시 잡을 수 없는 것처럼
후회하고 미련을 갖는 것은
어쩌면 이미 지나간 과거를 잡으려는 자신의 욕심일지도 모릅니다.

하지만 후회한 시간도 인생의 아름다운 시간이었고
나를 위한 최선의 선택을 한 시간이었다는 것을
되돌릴 수 없기에 인생의 구석진 한편에 가지런히
모아 놓은 그런 시간이었고

그렇게 흘러간 시간이었다는 것을

누가 뭐라해도 당신은 그 순간 최선을 다했었습니다.

당신이 후회한 시간도
최선을 다한 그런 시간이었다고
이제는 그렇게 스스로를 인정해 주었으면 좋겠습니다.

지나간 첫번째 버스 뒤로
당신에게 오고 있는 두 번째 버스를 위해서라도 말이죠.

결국 행복하지 않은 날은 없었다

29.

시간이 지나가기 때문에
우리는 느낄 수 있는 것입니다.

시간이 지나가지 않는다면 우리는 늘 똑같은 감정을
가지고 살고 있을 것입니다.

힘든 상태로 멈추어 있거나
슬픈 상태로 멈추어 있거나

하지만 시간이 지나가고 있기에
우리는 삶을 느낄 수가 있습니다.

우리는 시간을 볼 수가 없습니다.
그래서 시계와 달력이라는 것을 만들어서

시간이 흘러가는 것을 볼 수 있게 되었습니다.

다만 이 시간의 길이는 사람마다 다 다릅니다.

같은 경험을 하는 순간에도
누군가는 벌써 시간이 다 되었다고 이야기하고
또 다른 누군가는 아직도 시간이 많이 남았다고 이야기를 하니 말이죠.

시간은 신이 우리에게 준 선물이지만
노력해도 벌 수가 없는 것 되돌릴 수도 없는 것입니다.

그러니 주어진 시간 동안
많은 것들을 느끼며 살아가는 삶이 되었으면 좋겠습니다.

결국 행복하지 않은 날은 없었다

30.

인생은 행복하나
　사람들은 늘 불행이라는 옷을 입으려 합니다.

행복은 서서히 찾아오지만
불행은 갑자기 찾아옵니다.

행복은 노력의 결과로도 찾아오지만
불행은 내 의지와 관계없이 찾아오기도 합니다.

행복은 마음을 따뜻하게 만들어주지만
불행은 아물지 않은 마음에 한 번 더 상처를 주고

행복은 순간순간 오지만 그 느낌이 짧으며
불행도 순간순간 오지만 그 느낌이 오래 머뭅니다.

그래서 행복한 순간에는 지금의 그 행복을 완전히
다 느낄 수 있도록 하면 됩니다.

불행이 왔을 때는
지금의 불행이 계속되지 않음을 알고
나 스스로 지금의 불행을 더 크게 확대하는 생각들을
멈추어야 합니다.

사람들은 행복한 순간을 더 행복하게 만드는 능력보다
불행한 순간을 더 불행하게 만들려는 능력이 더 큽니다.

그래서 불행하다는 마음이 들 때
그런 마음에서부터 우선 빠져나와야 합니다.

'난 원래 그러니깐, 난 원래 안돼, 난 원래 불행해.'

나 스스로가 불행하다는 옷을 입고
나 스스로가 위안을 받고 있습니다.

삶은 원래 행복한 것입니다. 단지 우리가
불행이라는 옷을 입고 그것이 사실이라고 생각하고 있기에
더욱 불행하다고 느끼는 것 뿐입니다.

31.

행복에는 사용설명서가 없습니다.

사람들이 인생에서 궁극적으로 찾는 것이 행복이라는 단어입니다.
하지만 행복하다는 말처럼 너무나도 주관적인 말은 없습니다.
왜냐하면 '행복 사용설명서'라는 누구나 공감하고 인정할 수 있는
기준이 되는 지침서가 없기 때문입니다.

행복은 일이 아닙니다.
순간순간 느끼는 하나의 감정일 뿐이죠.
행복을 찾아다니는 행복 바라기가 될 필요는 없습니다.
그러지 않아도 됩니다.

행복은 누구에게나 평등합니다.

외부적인 요인에 의해서 좌우되는 것이 아니기 때문입니다.

단지 사용하는 '사용자'에 따라서 불행도 되고 행복도 됩니다.
그래서 사용설명서도 따로 없습니다.
오직 사용자가 어떻게 사용하느냐에 따라서
행복할 수도 불행할 수도 있습니다.

당신의 행복을 위한 '행복 사용설명서'를 찾지 말고
당신이 진정 사랑하고 행복할 수 있는 당신만의 방법을
찾아 보면 어떨까요?

결국 행복하지 않은 날은 없었다

32.

\# 내가 행복하게 살기 위해서
   다른 사람의 행복도 빌어 주는 것입니다.

나 자신이 행복해지는 방법 중에 하나는
역설적이지만 남의 행복을 빌어주는 것입니다.

나를 아프게 한 사람, 나를 힘들게 한 사람에 대한
미워하는 마음 대신에 그들을 용서해주고

나와 비교되는 사람, 더 성공한 주변 사람들에 대한
부러움, 시기심 대신에 그들을 내 삶에서 인정해 주는 것

이러한 생각과 행동들은
나와 부정적으로 그리고 안 좋은 추억으로 엮여 있는 사람들로부터

나 자신을 완전히 분리될 수 있게 해줍니다.

우리 마음에는 다양한 감정을 채울 수 있는 상자가 있습니다.
특히 증오, 부러움, 시기심은 마음의 상자에 계속 쌓이는
감정들입니다.

그렇게 되면 상자의 크기는 정해져 있는데 자꾸 이런 안 좋은 감정들만
쌓여서 행복, 자존감 등의 감정들이 들어설 수가 없게 됩니다.

그래서 우리는 나쁜 감정들을 마음에서 비워야 합니다.
하지만 나쁜 감정들을 마음에서 비우는 것은 쉽지 않습니다.

왜냐하면 이런 감정들이 쉽게 나의 마음에서 나가지 않으려고
저항을 하기 때문입니다.

그래서 이들과의 싸움 자체를 놓아버려야 합니다.

그 방법 중에 가장 좋은 것은
앞에서 이야기한 미워하는 사람에 대한 '용서'
그리고 부러움과 시기심 '내려놓기'입니다

그러다 보면 어느새 나 자신도

결국 행복하지 않은 날은 없었다

미워하는 사람에 대한 생각

부러운 사람에 대한 생각들을 비우고

오직 나 자신의 행복을 위해서

조금 더 나의 마음 상자를 잘 사용할 수 있게 됩니다.

그리고 가벼운 마음으로 지금의 행복을 느끼고 있을 것입니다.

33.

고민은 비워도 계속 만들어집니다.

고민이라는 것은
사람이 가진 감정 중에 끊임없이 만들어지는
무한 리필과도 같은 감정입니다.

그래서 우리는 고민을 단지 고민이라고 이야기하지 않고
고민거리라고 말합니다.

'잘 해낼지 고민이다.' '잘 될지 고민이다.' 등등
나 자신의 속을 태우는 일들, 나를 괴롭게 하는 일들과 함께

사람들은 평생 그리고 매 순간 많은 고민을 하고 삽니다.

결국 행복하지 않은 날은 없었다

그나마 다행인 것은 아무리 고민을 많이 가지고 있어도

작은 고민, 조금 더 큰 고민, 가장 큰 고민 중에

동시에 모든 고민들을 다 할 수는 없고

사람은 가장 큰 고민만을 우선 걱정을 한다는 것입니다.

그리고 그 큰 고민이 해결되는 순간

이전에 가지고 있던 고민은 잊어 버리고

새롭게 떠오르는 고민 중에

가장 큰 고민이 제일 큰 고민거리가 됩니다.

고민이라는 것이 그렇습니다.

늘 사람의 인생과 함께 한다는 것

그리고 그 고민이 해결되어도 다음 고민이 당신을 기다린다는 것

그렇기 때문에

고민이 되는 것을 너무 심각하게 생각할 필요도 없고

또한 빨리 해결하려고 할 필요도 없습니다.

왜냐하면 다음 고민이 당신을 기다리고 있기 때문입니다.

그래서 고민이 들 때는

두 가지 방법이 있습니다.

하나는 적극적으로 그 고민을 파고 들어서
해결하는 것이고
다른 하나는 그 고민에 대해서 아무것도 하지 않는
것입니다.

결국 행복하지 않은 날은 없었다

34.

걱정은 바람과 함께 날려 버리세요.

고민, 걱정은 사람들 몸에 꼭 달라붙어 살아가는 감정입니다.

나 자신의 미래에 대한 걱정
나와 관계된 상대방으로부터 오는 걱정

이외에도 다양한 걱정들이 있습니다.

문제는 이러한 걱정 중에는
선택이 불가능한 걱정
내가 현재로는 해결할 수 없는 걱정
미래에 대한 막연한 일어나지 않은 걱정 등이 대부분입니다.

걱정되는 상황이 100% 일어난다면
사람들은 해결책을 찾기 위해서 노력을 할 것인데

그 상황이 100% 일어날지 모르기 때문에
사람들은 걱정합니다.

지금 걱정이 있다면
우선은 마음과 생각 속에서 꺼내어
당신의 손 위에 올려놓고 후~~하고 불어 버리세요.

그리고 마음에게 이야기 해주세요. '그건 사실이 아니야!'

또 걱정이 올라오면 다시 당신의 마음과 생각 속에서 꺼내어
후~하고 불어 버리세요.

그리고 다시 이야기 해주세요. '그건 사실이 아니야!'

그렇게 불고 불다 보면
더 이상 마음속에서 그 걱정이 떠오르지 않을 때
그 걱정은 더 이상 당신에게 남아 있지 않게 됩니다.

걱정은 사실이 아닙니다.

결국 행복하지 않은 날은 없었다

35.

욕심은 적당히

사람의 마음이라는 것이
하나를 얻으면 또 다른 하나를 얻고 싶어 합니다.
하나에 성공을 하면 또 다른 도전을 해서 다른 성공을 하고 싶어 하죠.

처음 하나를 얻고 싶었던 간절한 마음과
처음 하나를 얻었을 때의 기쁨은 멀리하고
다시 그렇게 새로운 하나를 더 얻으려고 합니다.

만약에 사람이 욕심 없는 존재라고 한다면
이 세상에는 전쟁도 갈등도 없는 세상이 되었을 것입니다.

하지만 사람은 애초에 욕심이라는 것을 가지고
이 세상에 태어납니다.

욕심이라는 것은 저 멀리 보이는
반짝이는 보석의 빛과도 같은 것입니다.

욕심이라는 빛을 따라서
그렇게 계속 빛만 보고 살려고 한다면
영원히 빛을 따라가게 되고 결국 눈이 멀게 됩니다.

그래서 가끔은 빛 아래를 내려다보고
빛을 등지고 서 있을 필요가 있습니다.

그러면 내가 그동안 보지 못한 행복이란 것들이
보이기 시작할 것입니다.

아마 그 행복들이
그동안 보았던 보석의 빛만큼 반짝이는 것들은
아닐지 모르지만 당신의 인생에서 가장 소중한 것들이 될 것입니다.

36.

비교하는 마음을 내려놓아야 합니다.

욕심은 상대적이라고 합니다.
'비교대상'이 없으면
지금 자신이 가지고 있는 것과 자신의 행복이
남들에 비해 어떠한지 알 수 없기
때문이지요.

그래서 자신이 가진 것에 대해서
남들보다 부족하면 '부러움'과 동시에
부족한 자신에 대해 '열등감'을 느끼고
남들보다 많아도 더 많이 가지고 있는 사람과
또 다른 '비교'를 하게 되지요.

그리고 또다시 한없이 작아지는 자신을 느끼게 된답니다.

결국

남들과 비교하지 않을 때

우리는 온전한 삶을 살 수가 있습니다.

결국 행복하지 않은 날은 없었다

37.

휴식이라는 것은 그 대상을
  멀리서 지긋이 바라보는 것입니다.

그대 참 열심히 살았습니다.
지친 당신의 모습을 보면 분명 알 수 있습니다.

당신이 부족해서 그런 것이 아닙니다.
당신의 노력이 부족했던 것도 아닙니다.

단지 당신 앞의 그 파도가 너무 높아
당신이 처음 생각했던 대로
일이 풀리지 않았을 뿐입니다.

당신의 앞을 가로막고 있는 저 파도는

멀리서 보았을 때는 조그마한 파도로 보였는데
막상 닥쳤을 때는 생각보다 큰 파도였을 것입니다.

당장 파도가 높아 뚫고 나아가기 힘들다면

쉼 없이 도전하지 않았으면 좋겠습니다.

막상 지친 그대 앞을 가로막는 파도를 넘어가기에는
지금 너무 지쳤기 때문입니다.

잠시나마 숨을 고르고 해변으로 다시 돌아가
해변에서 파도가 아닌 바다를 바라봐 주세요.
파도는 단지 당신이 바다로 가기 위한 '조그만 장애물'일 뿐이었다는 것이
비로 소야 보일 것입니다.

그리고 따사로운 해변에서
온화한 바람과 바위에 깨지는 파도의 소리를 들어보세요.
분명 바라보는 것 만의 아름다움이 있을 것입니다.

휴식은 멈춤이 아닙니다.
나를 정비하고 멀리서 지긋이 바다를 보게 만들어 주는
그런 시간일 것입니다.

결국 행복하지 않은 날은 없었다

38.

추억의 장소를 가면
  나를 기억할 수 있습니다.

추억의 장소는
누구나 마음속에 하나씩 가지고 있습니다.

어릴 적 내가 뛰어놀던 놀이터,
누군가와 함께 시간과 장소를 공유했던 그곳
나 혼자만의 여행에서 만났던 새로운 장소들

그런 곳이 있다면
이번 주는 그곳으로 떠나보세요.

내 현실에 놓인 짐을 잠시 내려놓고

내 인생에 아름다운 추억으로 남아있는 그곳으로

그곳에 가면
내가 현실에서 놓치고 있었던
무언가를 깨달을 수 있습니다.

추억의 장소로 떠나봅시다.

결국 행복하지 않은 날은 없었다

제2장: 꿈

늦은 시작이 반드시 늦은 도착을
의미하는 것은 아닙니다.
이 순간부터 당신의 멋진 꿈을 향해
날개를 활짝 펴세요.

@ 어느 날 오후

39.

꿈을 가지고 도전한다는 것은

인생에서 꿈을 꾼다는 것은 정말 소중합니다.
또한 그 꿈에 도전하는 것만으로도 멋있는 인생입니다.

꿈은 당신이 현재에 머물지 않고
앞으로 나아 갈 수 있는 나침반이 되어 주고
도전은 그런 당신을 앞으로 나아가게 해줍니다.

그래서 꿈이 있다면 첫 시작을 해보았으면 좋겠습니다.
지금 꿈이 없다고요?
그러면 꿈이 아니라 작은 목표라도 좋습니다.

지금 당신의 자리에서 멈추어 있지 않고
당신을 앞으로 나아가게 해 줄 수 있는 일이라면 무엇이든 다 좋습니다.

꿈을 '**실현**'하면 그 꿈은 '**현실**'이 됩니다.

내가 머문 지금의 자리에서
꿈을 위해 앞으로 한발 움직임으로써
꿈은 눈에 보이는
하나의 목표가 됩니다.

그런 꿈에게 이야기해보세요.
지금 이 순간 너 없이는 살 수 없다고

그리고 그 꿈을 온몸으로 힘껏 안아 주세요.
당신의 마음속 깊이 스며들게 말이죠.

그 마음이 온전히 간절함으로 향하고 있다면
당신의 꿈은 반드시 이루어질 것입니다.

결국 행복하지 않은 날은 없었다

40.

꿈을 실현하기 위해서 필요한 것들

새들이 하늘을 처음부터 잘 날았던 것은 아닙니다.
새끼 새로 태어나서 나는 법을 배우고
연습을 하여 결국 파란 하늘을 날게 된 것입니다.

처음에 새끼 새도 두 날개를 가지고는 있었지만
어떻게 날아야 하는지를 몰랐을 것입니다.

날개를 활짝 펴고 뒤뚱뒤뚱 하늘을 날기 위해 몸부림쳤지만
늘 결과는 그대로였겠죠.

하지만 체념의 순간에 새끼 새에게 힘을 준 것은
언젠가는 푸른 하늘을 날고 싶다는 새끼 새의
아직 이루어지지 않은 꿈이었을 것입니다.

그리고 그 꿈을 위해서 다시 뒤뚱 뒤뚱거리며 날개를 폈고
그 순간 바람이 불어와 새끼 새를 하늘로 올려 주었을 것입니다.

인생에 있어서 꿈도 그렇습니다.
노력하면 그 노력에 비해 꿈이 커도

온몸을 움직여 꾸준히 노력한다면 하늘을 날고 싶은 새끼 새처럼
언젠가는 바람이 불어와 꿈이 실현될 수도 있습니다.

불가능은 없습니다.

지금 이 순간 꿈을 꾸고
하루하루 온몸을 부딪쳐 노력하고 있다면
그 꿈은 반드시 이루어질 것입니다.

결국 행복하지 않은 날은 없었다

41.

꿈에는 등수가 없습니다.

늦은 나이의 재수
늦은 나이의 유학
늦은 나이의 취업
늦은 나이의 새로운 도전
그런 늦음이라는 형용사로 인해서 명사인 꿈이 가려져서는
안됩니다.

꿈에 있어서 중요한 것은 몇 등으로 시작을 하느냐가 아니라
몇 등으로 결승점에 들어가느냐가 아니라
완주하느냐입니다.
등수는 아무런 의미가 없습니다.

하지만 사람들은 남들보다
늦게 시작하는 것에 두려움이 있습니다.
왜냐하면 자신이 만들어 놓은 시간의 기준 때문입니다.

'늦었다'는 생각은 당신이 살아가면서 만들어 놓은
당신만의 기준입니다.

기준을 가지고 있다는 것이 꼭 나쁘다는 말을 하려는 것이 아닙니다.

문제는 꿈을 달성하지 못했을 때
당신이 만들 핑계 중에 하나가 '늦었다' 이기 때문입니다.

"늦었기 때문에 잘 안되었어.", "시작을 못했어."

사실은 늦어서가 아니라 두려움 때문에 시작을 못한 것뿐입니다.

꿈은 등산과도 같아 시작하기가 어렵고
처음 30분이 힘듭니다.

나와의 약속을 지키기 위해 등산로 앞에 도착하는 것이 가장 어렵고
거기에서 첫 발걸음을 시작하기가 쉽지 않으며
시작한 뒤 30분 동안은 많이 힘이 듭니다.

결국 행복하지 않은 날은 없었다

30분 이후에는 내 몸이 적응하면서
좀 더 쉽게 올라갈 수가 있습니다.
그렇게 한발 한발 꿈을 향해서 올라가면 됩니다.

꿈에서 있어서 등수는 없습니다. 그 크기도 중요하지 않습니다.
꿈이 있다면 도전해보세요.

그리고 꿈의 크기를 정해주세요.
나의 체력과 능력을 고려해서 정하면 그만입니다.

42.

꿈은 넓은 세상을 볼 수 있는 사막과도 같고
  욕심은 나무로 가려진 푸른 숲과 같습니다.

꿈과 욕심은 어떻게 보면
같은 단어일지도 모릅니다.

자기가 자신에게 바라는 바람이거나
무언가 변하기를 갈망하는 마음이기 때문입니다.

하지만 꿈과 욕심의 차이는
꿈은 하나하나 이루어 나가는 것이지만
욕심은 하나하나 더 가지고 간다는 차이가 있습니다.

욕심이란 멀리서 보이는 푸른 숲과 같습니다.

결국 행복하지 않은 날은 없었다

푸른 숲을 멀리서 보면 정말 아름답지만
가까이 가서 보면 수많은 큰 나무들에 가려서
앞으로 나아 갈 수 없게 만듭니다.

그와 반대로 꿈은 멀리 보이는 사막과 같습니다.
멀리서 보면 황무지로 보이지만
가까이 가서 보면
의외로 넓은 세상을 볼 수 있기 때문입니다.

또한 꿈은 이루어 나가는 것이기 때문에
달성된 꿈을 통해 다음 꿈으로 향해 나아 갈 수 있지만

욕심은 가진만큼 다음 욕심에 더해서 가지고 가야 되니
힘든 법입니다.

그리고
꿈은 노력을 통해 이루어갈 수 있지만
욕심은 단지 가지지 못한 것에 대한 희망 고문입니다.

욕심이 많은 것이 나쁜 것이 아닙니다.
하지만 이룰 수 없는 욕심보다는
이루어 갈 수 있는 꿈을 꾸는 인생이 되었으면 좋겠습니다.

43.

꿈은 외로운 것입니다.

꿈은 외로운 것입니다.
누군가에게 기댈 수도 없으며 나 자신을 믿고
오로지 나의 힘으로만 밀고 나아가야 하기 때문입니다.

내가 가야하는 꿈이
다른 사람들과 가는 방향이 다를 때
그리고 나 자신이 홀로 그 길을 걸어가야만 할 때
그 꿈은 더욱더 외로운 것입니다.

지금도 사람들이 보이지 않는 곳에서
묵묵히 자기만의 길을 걸어가고 있다면

결국 행복하지 않은 날은 없었다

그 길은 분명 '외롭지만 옳은 길'일 것입니다.

당신의 꿈은 참 아름답습니다.
그리고 꿈에 도전하는 당신은 정말 멋있는 사람입니다.

그리고 제 글이 당신의 꿈의 외로움과 함께 하겠습니다.
응원 드립니다.

44.

아무것도 하지 않으면
  아무것도 일어나지 않습니다.

아무것도 하지 않으면 아무것도 일어나지 않습니다.

무언가 실체로 나타나기 위해서는 몸을 움직여야 하고
우리는 그것을 노력한다고 합니다.

노력한다는 말을 주변에서 너무 흔히 듣다 보니
어느 순간 성공을 하려면 해야 되는 것이 되어버렸습니다.

분명한 것은 노력하지 않으면
아무것도 일어나지 않는다는 것입니다.

시간 바라기라는 것이 있습니다.

예를 들어
나무 아래에서 과일이 떨어질 때까지 입을 벌리고 있는 행동입니다.
언젠가는 바람이 불어와
나무에서 과일이 떨어져 입으로 과일이 들어갈지도 모르지만
시간이 해준 일들입니다.

인생에서도 노력 없이 시간이 지나면 서서히 나아지는 것들도 있습니다.
헤어질 때 너무나도 가슴이 아팠던 옛 연인에 대한 생각,
삶을 살아가면서 겪은 안 좋은 기억들이 그런 것들입니다.

반면 노력 없이 시간이 가도 나아지지 않는 것들은
노력이 필요합니다.

비행기가 이륙하기 위해서는
엄청난 힘으로 비행기의 무게를 밀어 올려야 됩니다.
꿈 또한 밀어 올리기 위해서는 당신의 꿈의 무게를
지탱할 수 있을 만큼의 노력이 필요합니다.

특히 꿈을 위한 당신의 현재를 바꾸기 위해서는 말이죠.
시간 바라기가 되지맙시다.

45.

최선을 다한 당신이 첫 번째로 할 일은
  자신을 인정하는 것입니다.

도전한 일의 결과가 나쁠 수도 있습니다.
열심히 준비한 시험이 최선을 다한 일들이 기대했던 결과가
좋지 않을 때
우리는 우리의 노력과 최선에 그리고 걸어온 길에
낙담과 의심을 하게 됩니다.

지금 당신이 서있는 곳이
그리고 가고 있는 길이

한 번의 실패 또는 여러 번의 실패로 인해
그로 인해 의구심이 들어

방향이 잘못되었다는 생각이 든다면

그때 나의 선택은 나를 위한 최선의 길이였다고
자신을 다독여주고 인정해주세요.

그리고 당신이 선택한 그 길을 인정하고
다음 도전을 위해서 묵묵히 걸어간다면
실패한 지점에서 다시 일어나서 나아 갈 수가 있습니다.

실패는 누구나 할 수 있습니다.
하지만 그 실패에 대해서 인정을 하지 않으면
아무것도 나아지는 것은 없습니다.

46.

원점이 아닌 넘어진 그 자리에서
   다시 시작하는 것입니다.

우리가 도전한 일들이

내 생각과 달리 그렇게 쉽게 풀리지 않을 때가 있습니다.

쉽게 풀리면 아마 마음고생도 하지 않았을 것입니다.

그래서 실패를 하면

사람들은 낙담하고 지친 마음에

여행을 떠나거나 사람들을 만나 위로를 받고

또는 누군가는 쉼 없이 바로 다시 시작하기도 합니다.

어떤 방법이라도 좋습니다.

우선 실패한 것을 훅훅 털어버리는

결국 행복하지 않은 날은 없었다

나만의 방식이 있다면 다 좋습니다.
그것만큼 자신에게 좋은 약은 없다고 생각합니다.

하지만 여기서 하나가 더 있습니다.

그것은 다시 출반 선상인 원점으로 돌아가서 다시 시작하지 않는 것입니다.

실패는 원점에서 새롭게 다시 시작하는 것을
의미하는 것이 아닙니다.
실패는 실패한 자리에서부터 다시 일어나는 것입니다.

또 다른 하나는 실패를 시행착오라고 생각하는 것입니다.

실패는 '이루어지지 않음'이라는
순간순간의 사실에 멈추어 있는 거라면
시행착오는 실패를 교훈 삼아
'다시 새롭게 도전하는 것'을 의미합니다.

성공은 결국 시행착오를 거쳐서 이루어진 결말일 뿐입니다.

그래서 실패에 대해 '낙담' 할 필요가 없습니다.

시행착오 후에는 다른 방법으로 도전하면 됩니다.

당신은 이미 이전에 했던 방법과는 다른 방법을 알고 있습니다.

그 방법으로 다시 한번 도전해 보세요.

47.

너무 잦은 실패가
   꼭 성공의 어머니는 아닙니다.

실패는 성공의 어머니라는 말이 있습니다.

분명 맞는 말입니다.

성공에 도달하기 위해서는 실패가 늘 필요합니다.

세상일은 성공에 도달하기 위해서는 이런 실패의 과정을

겪도록 설계되어 있습니다.

실패는 시행착오라고 할 수 있습니다.

시행착오와 함께 다른 방법으로 재도전함으로써

성공에 도달할 수 있습니다.

하지만 실패할 때마다

"실패는 성공의 어머니입니다."
라는 말을 계속 듣다 보면
어느 순간부터 재도전에 대해서도 최선을 다 못하게 됩니다.
실패만큼은 최선을 다해야 합니다.

너무 잦은 실패는 목표에 대한
두려움을 쌓이게 하며
실패에 둔감하게 만듭니다.

그렇기 때문에
최선을 다해 도전해서 실패를 줄여야 합니다.

결국 행복하지 않은 날은 없었다

48.

노력으로 시작한 일을 인내로 마무리 짓다.

힘든 일, 하기 싫은 일이

분명 나를 앞으로 나아가게 해준다는 것을

지금의 나의 고민을 해결해 줄 수 있다는 것을

돌파구가 된다는 것을

당신은 이미 알고 있습니다.

대부분의 힘든 일과 하기 싫은 일들은

익숙하지 않은 일, 처음 해보는 일,

남이 시켜서 억지로 해야 하는 일,

또는 반복적으로 해야 하는 일들입니다.

그때에는 이 일을 끝냈을 때의 나의 모습을 생각해 보세요.
그리고 나의 모습을 위해서 지금 어떻게 해야 하는지 생각해 보세요.

'전문가로 성장하기 위해서는
내가 익숙하지 않은 이 일을 해내어야 해.'
'지금의 목표를 달성하기 위해서는
잠시 내가 하고 싶은 일은 뒤로 미루어야 해.'
'목표한 날짜를 맞추기 위해서는 몸을 움직여야 해.'
'나의 목표를 위해서는 남이 시켜서 하는 일이지만 해내어야 해.'
'체중 감량과 건강을 위해서는 반복적으로 운동을 해야 해.'

그렇게 노력으로 일을 시작하고
힘든 일과 하기 싫은 일들을 잘 할 수 있게
'~위해서는 ~해야해'라는 문장을 만들어 보세요.

노력으로 시작한 일이
인내로 완성됩니다.

지금 당신이 서 있는 이 순간을 인내할 수 있다면
당신이 시작한 모든 것이 이루어질 것입니다.

결국 행복하지 않은 날은 없었다

49.

성공을 위한 4가지 단추

성공으로 다가가는
'첫 번째 단추'는 자신의 단점과 부족함을 인지하는 것입니다.

'두 번째 단추'는 부족한 부분에 대해서
마감기한이 정해져 있는 목표를 세우고 필사적으로 노력하는 것이며

'세 번째 단추'는 슬럼프와 실패로부터 자유로워지는 것이며

'네 번째 단추'는 남의 눈치로부터 자신을 떼어놓는 것입니다.

그렇게 성공의 단추 하나하나를 끼워가다 보면

자신만의 꿈과 인생이 매듭지어 질 것입니다.

제3장: 사랑

올해도 봄, 가을이 지나감을 아쉬워하지만
당신과 함께 하는
내년 봄, 가을이 기다려지는 이유는 왜 일까요?
사랑이란 그런 감정입니다.

@ 어느 날 오후

50.

사랑이란 아름다운 모든 순간을 모아놓은 것입니다.

"사랑이란 아름다운 모든 순간을 모아놓은 것이고
그 순간순간 속에 당신이 있었습니다."

"앞으로도 당신은 우리의 사랑 속에서
그런 존재로 남아 있을 것입니다."

누군가를 사랑하는 것만큼
인생에서 아름다운 순간은 없을 것입니다.
사랑은 그 사람의 모든 것들을 바꾸고 변화시키는 힘이 있습니다.

그래서 사랑을 주고 또한 상대방으로부터 사랑을 받는 것은 인간의 어떠한 감정을 통틀어도 가장 따뜻한 감정일 것입니다.

인생에서 가장 큰 기쁨과 행복을 만끽하고 싶다면
꼭 사랑하는 누군가를 만나세요.

그리고 그 사람과 올해도 내년에도 그리고 그 다음 해에도
벚꽃 구경하러 가는 그런 사랑을 하세요.

사랑은 당신의 모든 힘듦과 어려움까지도
아무것도 아니게 만드는
그런 힘을 가지고 있습니다.

51.

사랑에 대한 모든 감정

밤새 길을 걸어도 상대방과 걷는 그 길이
자꾸만 아쉽고 헤어지기 싫은 그 마음

사랑은 사랑하는 사람 때문에
그렇게 애달프지만 행복한 것입니다.

손을 잡고 같은 방향으로
그렇게 나아 가다 보면

그렇게 서로를 만나다 보면
생각도 그 모습도 닮아 간다고 하죠.

누군가를 나처럼 아끼고
사랑해 줄 수 있는 일
그 자체만으로 행복한 것입니다.

사랑하는 누군가를 만나세요.
사랑에 대한 모든 감정과 과정을 느낄 수가 있습니다.

결국 행복하지 않은 날은 없었다

52.

당신이 못나서 그런 것이 아니에요.

당신이 못난 것이 아닙니다.
아직 좋은 사람을 못 만난 것뿐입니다.

살다 보면 자신이 마음에 드는 사람이 있는데
잘 안 풀리는 경우가 있습니다.

그리고 내가 좋아하는 사람이
나를 못 알아봐 줄 때도 그렇습니다.

그럴 때면 상심이 크게 됩니다.
'내가 매력이 없나, 내가 못나서 그런 건가.'

그런 나를 힘들게 만드는 생각들

주변에
좋은 사람 만나 행복한 친구들을 보면
그런 생각이 더 들지도 모릅니다.

하지만 당신이 못난 것이 아닙니다.
아직 좋은 사람을 만나지 못한 것뿐입니다.

당신은 충분히 매력적인 사람입니다.
누구도 당신에게 매력이 없다고
이야기 할 수 없습니다.
그건 스스로에게도 마찬가지입니다.

당신의 모습을
그리고 당신의 매력을 봐줄 수 있는
그 사람이 아직 당신에게 나타나지 않은 것 뿐입니다.

그러니 다른 사람이 당신에게 뭐라고 하든
당신의 매력을 봐주지 못하든
너무 많은 상처를 스스로에게 주지 마세요.

결국 행복하지 않은 날은 없었다

53.

사랑을 시작하기 위해서는
우선 용기 내어 다가가야 합니다.

그 사람이 내 마음을 알아봐 주기를
내 마음속에 먼저 들어와 주기를
그런 당신의 마음속에 있는 이야기들

하지만 거절당하면 어떡하나
남들이 이상하게 보면 어떡하나
그렇게 당신 스스로 만든 두려움 때문에
마음만 아픈 경우가 있습니다.

사랑을 시작하기 위해서는
우선 용기내어 상대방에게 다가가야 합니다.

너무 오랜 시간을
상대방이 나를 알아주기를 기다리다 보면
상대방이 나의 마음을 알아봐 주는 시간을 놓치게 됩니다.

그럼 무턱대고 고백부터 하라는 말씀이신가요?
그 말이 아닙니다.

상대방을 더 알기 위해서 용기를 내는 것과
답답한 마음에 고백하는 것과는 다릅니다.

사랑을 시작하기 위해서는
상대방을 알아가는 시간이 필요합니다.

만날 기회를 조금 더 늘리거나
용기 있게 그리고 너무 부담을 주지 않는 선에서
가볍게 커피 한 잔 마시러 가는 것을 제안해 보세요.

친구로서 또는 아는 지인으로서 말이죠.

그렇게 먼저 그 사람과 친한 친구가 되어 주세요.

그러다 보면 어떤 계기로 인해 관계가

더 발전할 수도 있고
상대방에게 당신의 그런 마음이 진심으로
닿을지도 모릅니다.

천천히 하지만 용기 있게

54.

예전 사랑을 다음 사랑에게 강요해서는 안 됩니다.

예전 사랑이 지나가고 새로운 사람을 만난다는 것은

새로운 사랑을 시작한 거지
예전 사랑의 연장선이 아닙니다.

그런데 우리는 예전 사랑으로부터 받은 상처때문에
지금의 사랑에게도 똑같은 상처를 받을까 두려움을 가지고
행동하게 됩니다.

'내가 예전 사랑한테 너무 매달려서 헤어지게 된 거야'라고 생각하면서
잘 하지도 못하는 밀고 당기기하기

결국 행복하지 않은 날은 없었다

'이 사람도 똑같이 믿을 수 없는 사람 일 거야, 아무도 믿지 않을 거야'
라며 지금의 사랑 또한 의심하기

그런 생각과 행동은 지금 이 순간 바로 멈추어야 합니다.

당신 앞의 그 사람은
당신에게 완전히 새로운 사람으로
당신 앞에 서 있습니다.

예전의 그 사랑이 아닙니다.
예전의 그 사람과 성격도, 생각도, 살아온 삶도 다 다릅니다.

그렇기 때문에
예전 사랑으로부터 받은 상처를 가지고
새로운 사랑에게 나 자신의 잣대를 들이 대거나
강요해서도 안됩니다.

예전 사랑은 그렇게 과거 속에서 끝난 사랑이지
지금 사랑의 연장선이 아닙니다.

55.

완벽한 상대방을 찾지 말고 완벽한 사랑을 하세요.

세상에 완벽한 사람은 없습니다.
그런 사람이 있다면
누구나 영화 같은 사랑을 하고 있을 것입니다.
하지만 현실은 그렇지 않습니다.

또한 내가 부족하다 느낄수록
상대방이라도 완벽한 사람으로 찾고 싶어 하는 것이
사람의 마음입니다.

하지만 나 자신이 그런 마음으로 사람을 찾게 되면
완벽한 사람을 만나도 실망하게 됩니다.

결국 행복하지 않은 날은 없었다

왜냐하면 나의 부족한 점을 보완해 줄 수 있는
완벽한 사람이라 생각했는데
그 사람의 부족한 부분을 어느순간 보게 되면
내가 나의 부족한 점에 대해서
실망하듯이 상대방에게도 실망하게 되기 때문입니다.

세상에 100이라는 것은 존재하지 않습니다.
그래서 80이라는 장점과 20이라는 단점을 알면서도
만나게 되는 것입니다.

또한 80으로 시작을 하였으면
20은 노력으로 어떻게 든 채워 갈 수 있습니다.

완벽한 상대방을 찾지 말고
완벽한 사랑을 해보시기를 바랍니다.

왜냐하면
완벽하지 못한 상대방과도
완벽한 사랑은 할 수 있기 때문입니다.

56.

사랑이 참 내 마음과 같지 않습니다.

사랑이 참 내 마음과 같지 않습니다.

내가 관심 있어 하는 사람은 나에게 관심이 없고

나에게 관심이 있는 사람은 내가 관심이 없으니 말이죠.

그래서인지 많은 시행착오를 겪습니다.

관심 있는 사람에게 거절당할까 봐 이야기도 못 꺼내 짝사랑으로 끝난 사랑

그래서 한참이 지나 용기 내어 이야기해보려했는데

이미 새로운 사람이 생겼네요.

결국 내가 관심이 있었던 사람도 나에게 관심 있던 사람도

둘 다 그렇게 애인이 생겨버렸습니다.

사랑이 참 내 마음과 같지 않습니다.

그래도 너무 슬퍼하지 마세요.
그리고 너무 서두르지도 마세요.

아직 당신과 '타이밍'이 잘 맞은
그런 사람이 나타나지 않았을 뿐입니다.

57.

외면보다는 내면이 아름다운 사람이 더 좋더라.

외면의 아름다움이
시간이 지날수록 조금씩 상대방으로부터
멀어져 가는 아름다움이라면

내면의 아름다움은
시간이 지날수록 방금 볶은 커피 향처럼
더욱 진하고 담백한 것입니다.

외면의 아름다움이
그 가벼움에 '떠나감'을 막을 수 없지만

결국 행복하지 않은 날은 없었다

내면의 아름다움은
시간이 갈수록 더욱 큰 '다가옴'이 됩니다.

외면의 아름다움은
상대방의 눈을 즐겁게 하여
그의 눈 속에 당신이 머물게 되지만

내면의 아름다움은
상대방의 마음속에 스며들어
상대방의 온 마음을 통해 전해집니다.

나이가 들고 세월이 갈수록
외면이 아름다운 사람보다
내면이 아름다운 사람이 더 생각나는 것은

아마 나 또한 상대방에게 그런 사람으로
남고 싶기 때문일 것입니다.

58.

\# 사랑이란 단점도
　바라볼 수 있는 그런 사이입니다.

세상에 완벽한 사람은 없습니다.
나 자신도 단점이 많은 사람인데요.

그런 마음을 알면서도 처음 만났을 때
예쁘고 멋있는 모습은 온데간데없고

그 사람의 단점만 차곡차곡
쌓여가며 불평만 늡니다.

하지만 사랑이란 단점도 바라볼 수 있는 사이입니다.
그 사람의 장점은 누구나 다 볼 수 있으니까요.

　　　　　　　결국 행복하지 않은 날은·없었다

그래서 사랑하는 이의 단점은
당신에게만은 단점이 아닙니다.

당신이 보고 있는 그 사람 그대로일 뿐입니다.

그리고 당신이 사랑으로 따뜻하게
감싸 줄 수 있는 그런 부분이기도 합니다.

59.

사랑에는 조건이 없습니다.

사랑에는 조건이 없습니다.
마음만 통하면 그만입니다.

조건 있는 사랑은
그 조건이 사라지게 되면 사랑도 그렇게 사라집니다.

외모와 학벌을 따지는 사랑이라면
외모와 학벌이 사라지면요?

돈과 능력을 따지는 사랑이라면
돈과 능력이 사라지면요?

결국 행복하지 않은 날은 없었다

이렇게 언젠가 사라 질 수도 있는 조건에 끌려
시작한 사랑은 항상 그 조건을 충족시키기 위한
그런 사랑이 되기가 쉽습니다.

그래서 사랑에는 사라지지 않는 무언 가가 필요합니다.
눈에서 멀어져도 계속 나에게 있을 수 있는 그 무언가 말이죠.

그것이 바로 마음으로 통하는 사랑입니다.

　　　내가 당신
　을 사랑하는 이유는
나를 사랑해주는 당신의
그 예쁜 마음이 너무 감사
하기 때문이에요. 사랑합
니다. 당신이 있어 저는
너무나도 행복합
니다.

사랑합니다. 나의 반쪽 당신..

60.

권태기는 헤어짐을 고려하는 시간이 아닙니다.

오랜 연애가 된 커플들에게는
권태기가 오기 마련입니다.

권태기라는 것은 함께한 추억과 시간이 많이 쌓여서
더 이상의 새로움이 없어졌을 때의 '권태로움'에서 오는 기간입니다.

영화 보기, 밥 먹기, 커피 마시기 등
매번 똑같은 데이트 일정
그리고 같은 대화와 주제의 연속 그런 지루함

더 이상 상대방에게 새로움을 찾을 수 없을 때

결국 행복하지 않은 날은 없었다

연인들은 사랑이 식었다고 생각합니다.

그리고 우리가 헤어져야 하는 이유에 대해서
생각하기 시작합니다.

그렇게 헤어지는 이유 찾기를 시작하면서
상대방의 보이지 않는 단점들이 보이기 시작합니다.

그리고 그 이유와 단점 그리고 권태로움이 함께 어우러져서
그렇게 안타까운 이별을 결정하게 됩니다.

하지만 여기서 오랜 연인의 헤어짐의 과정에서
어떤 오류가 있는지를 보면

바로 연인들은 더 이상 상대방에게 새로움을 찾지 못했을 때
상대방의 행동을 보고 사랑이 식었다고 생각을 한다는 것입니다.

오랜 연인은 권태기가 오기 마련이지만
사랑이 식은 것은 아닙니다.

즐거운 일도 매일매일 해보면
반복적인 일이 되어 권태로움이 옵니다.

그래서 휴식을 가진 뒤 그 일을 다시 해보면
역시 이 일 만한 것도 없다고 생각을 하게 됩니다.

그래서 오랜 연인들은 만나는 횟수를 줄여보거나
새로운 데이트를 하면서 이러한 권태를 극복하기도 합니다.

권태기는 지루해져서 헤어짐을 준비하는 그런 시간이 아닙니다.
서로의 사랑이 더 깊어 가기 위한 시간 일 것입니다.

결국 행복하지 않은 날은 없었다

61.

내 애인에 대한 주변 사람들의 평가는
 결국 내 생각에 따라 평가됩니다.

옛날에 셰퍼드와 똥개가 있었습니다.

서로 옆집에서 각자의 주인과 함께 살고 있었습니다.

셰퍼드 주인이 어느 날 집에 친구들을 데리고 왔습니다.

문이 열리는 순간 셰퍼드가 주인에게 달려갔고

주인은 셰퍼드가 귀찮은 듯 발로 뻥 찼습니다.

그걸 본 친구들도 셰퍼드를 뻥 찼답니다.

옆집에 똥개가 살고 있었습니다.

똥개주인이 어느 날 집에 친구들을 데리고 왔습니다.

똥개주인은 똥개의 머리를 사랑과 함께 쓰다듬어 주었지요.

그 뒤로 들어오는 친구들도 똥개의 머리를 쓰다듬어 주었습니다.

사랑도 이와 같습니다.
내가 소중히 하면
주변 사람들도
당신의 연인에 대해 함부로 험담하지 않습니다.

주변 사람의 생각과 행동은
거울과도 같습니다.

내가 사랑하는 그 사람을
내가 어떻게 생각하는지에 따라서
거울을 보고 이야기하는 것처럼
사람들은 당신에게 그 사람에 대해 이야기해 줄 것입니다.

당신의 마음에 따라 똥개도 셰퍼드가 될 수 있고
셰퍼드도 똥개가 될 수 있습니다.

결국 행복하지 않은 날은 없었다

62.

\# 헤어지자는 말은
   쉽게 하는 것이 아닙니다.

헤어지자는 말은
상대방에게 쉽게 해서는 안 되는 말 중의 하나입니다.

장난이라고 그렇게 이야기하고 웃어넘기면 안 되냐고
그리고 홧김에 무심코 나온 말이었다고
그렇게 지나가면 안되냐고 말하고 싶겠지만
헤어지자는 말을 들은 상대방에게는 결코 가벼운 말은 아닐 것입니다.

친한 친구 사이에도 무심코 한 말로 인해
친구가 상처를 받기도 하는데
사랑하는 사람이라면 더더욱 그럴 것입니다.

사랑은 신뢰를 바탕으로 쌓인 것인데
상대방에게 섣불리 헤어지자고 하는 것은
그 사람과의 신뢰를 무너트리는 말이 됩니다.

또한 헤어지자는 말을 쉽게 하는 것은
나 자신도 사랑에 대해서 진지하지 못함을 의미합니다.

말이라는 것은 내뱉을 때는 쉽지만
다시 주워 담기는 어렵습니다.

제4장: 이별

사랑 그리고 시간
시간이 가면 잊히는 게 사랑이고
시간이 가도 잊히지 않는 게 사랑이다.

@ 어느 날 오후

63.

단지 시간이 다 되어 이별이 왔습니다.
  그리고 인연이라면 다시 만날 것입니다.

이별이라는 것은 단지 시간이 지나 사랑이 다 되어 온 것입니다.
당신의 잘못도 상대방의 잘못도 아닙니다.

상대방도 당신에게 이별을 말하기까지
많은 고민과 시간이 필요했을 것입니다.

어느 날 갑자기 그렇게 이별이 된 것은 아닙니다.

이별의 순간에
상대방을 잡을 수도 있고 그렇게 놓아줄 수도 있습니다.

이별이라는 것은 또한 다시 만난다는 것을 전제로 하고 있습니다.

그 만남이라는 것이 우연히 길가에서 마주치는 만남일 수도 있고
시간이 지나 먼저 연락이 와서 그렇게 만날 수도 있는 것입니다.

헤어진 연인
마음속에는 정말 보내주기 힘든 사랑이지만
다시 만나는 그때가 왔을 때는
"나 잘 살고 있어."라고 이야기할 수 있는 날이 되었으면 좋겠습니다.

'연인'을 거꾸로 하면 '인연'이라는 말이 되는 것처럼
인연이라면 언젠가 다시 당신에게 나타날 것입니다.

결국 행복하지 않은 날은 없었다

64.

이별하는 이유

사랑하는데 이유가 없고
이별하는데 이유가 없다고들 합니다.

왜냐하면 그 미묘한 감정들을 머리로는 도저히 정리해서
상대방에게 설명할 수 없기 때문입니다.

그렇기 때문에 이유가 있어서 사랑하거나
이유가 있어서 이별한다면 그건 온전히 사랑하고 있지 않거나
이별해야 한다면 이별이 오게 된 한가지 이유일 뿐입니다.

이별은 그렇게 명확한 이유가 있어서 오는 것이 아닙니다.

그러니 이별이 온다면 이별의 이유보다는

이별을 말하고 있는 그 사람의 마음을 들여다보세요.

내가 많이 못 해준 것에 대해서 미안하다고 먼저 이야기해주세요.
그리고 그런 부분을 상대방의 편에서 인정해주세요.

그런 뒤에 다시 한번 상대방에게 진심으로 나의 마음을 전달해 보면
좋을 것 같습니다.

결국 행복하지 않은 날은 없었다

65.

\# 정상에서 만날 그날까지
  예쁘고 멋진 그대가 되어 있으세요.

이별만큼

삶을 살면서 힘든 순간은 없습니다.

그리고 저마다 이별의 방법, 장소, 이유들이 다 다르고

아픔의 정도도 다릅니다.

그래서 당사자 외에는 아무도 이렇다 저렇다 할 수가 없습니다.

더군다나 내가 아닌 상대방으로부터 이유도 모른 채

일방적으로 이별 통보를 받으면

그 마음은 표현할 수 없을 정도로 아픕니다.

그래서 한 번쯤은
다시 한번 이야기해 보는 것도 좋다고 생각합니다.
그건 누구를 위해서가 아닙니다.
오로지 나를 위해서 말이죠.

하지만 상대방의 마음이 여전히 똑같으면
놓아주는 것이 좋을 것 같습니다.

상대방도 분명 쉽게 이별을 이야기하지는
않았을 것입니다.

헤어진 후 상대방에게 괜찮은 척하기 위해
그저 태연한 척 연기를 하는 것 또한 아무런 소용이 없습니다.
내 마음만 더 아플 뿐입니다.

차라리 정상에서 다시 만날 때까지
더 멋있고 예쁜 사람이 되어 있으세요.
그리고 마음속으로 상대방에게 이야기하세요.

"○○야 정상에서 다시 만나자!"

66.

이별의 슬픔에 젖어 있는 그대에게 전합니다.

이별의 슬픔을 참는 것이 전부가 아닙니다.
슬픔은 내 마음의 힘들고 우울한 마음이
몸으로 표출되는 것입니다.

사람들은 슬픔을 참는다고
또는 슬픔을 동정해 어루만져 준다고 하지만

슬픔을 속으로 참거나 어루만져 주기만 한다면
마음의 병이 됩니다.

슬퍼도 울지 못하는 것은 아무런 도움이 되지 못합니다.

슬퍼도 울지 못하는 것이 멋있는 것이 아닙니다.

그래서 이별이 오면 그 슬픔을 어루만져 주지 마세요.
그러면 자기가 주인인 마냥 더 슬퍼하려 한답니다.

슬픔이 멈추지 않는다면 어루만지지 말고 펑펑 우세요.
그러면 눈물과 함께 슬픔이 씻어 내려갈 것입니다.

조용한 곳이나 아니면 남들이 보이지 않는 곳에서 펑펑 우세요.
온전히 나를 위해서 말입니다.

그리고 씻어진 마음에 하얀 반창고 하나를
붙여주세요.

반창고를 붙이는 날
당신의 마음도 이제 조금씩 움직일 수가 있는 것이랍니다.

슬픔에 펑펑 울 수 있는 사람이 자신을 진정 사랑할 줄 아는 사람입니다.

결국 행복하지 않은 날은 없었다

67.

이별 후 애틋함이란

애틋함이란
더 이상 주워 담을 수 없는 가슴 시린 감정입니다.

상자 안에 수북이 쌓여 있던 퍼즐 조각들을
바닥으로 쏟았다고 생각해보세요.

물이었다면 주워 담지 못하니 포기라도 하고
내려놓을 수 있을 것인데

퍼즐 조각들은 너무 많아서 다 주워 담기에는

너무 힘듭니다.

그렇게 이별은 주워 담기에는
너무나도 힘든 마음입니다.

이런 애틋한 마음이 드는 것 자체를
우리 마음에서 사라지게 할 수는 없습니다.

이별 후의 애틋함이란
시린 바람이 부는 겨울이 되어
우연히 그 사람과 비슷한 사람을 길에서 마주쳤을 때처럼

그렇게 어느 순간
그리고 예고 없이

당신의 마음에 파도와 같이 밀고 들어왔다가
빠져나가는 그런 감정입니다.

또한 돌아갈 수도 없는 시간이며
과거의 나의 모습을 잊지 말라고
과거의 내가 현재의 나에게 보내는 신호입니다.

결국 행복하지 않은 날은 없었다

서서히 희미 해져가는 누군가와의 아득한 추억이며
상대방에게 미안한 마음 그리고 고마움을 느끼게 하는 그런 감정입니다.

그렇게 애틋함이란
가슴속 깊이 밀려드는 시린 마음의 파도입니다.

또한 이별한 모든 사람이 느끼는 감정이기도 합니다.
지금 거리에 지나가는 사람들 그 행복해 보이는 사람들도
이별의 아픔을 하나씩 가지고 그렇게 살아가고 있습니다.

이별의 애틋함은 모든 사람이 가지고 있는 그런 주워담기
힘든 마음일 것입니다.

68.

이별 후 그리움이란

지난 겨울의 혹독한 추위가 가고 봄이 와서
오랜만에 내 작은방을 다 들어내서 대청소를 하다가
구석진 한 쪽에
미처 정리하지 못한 그 사람과의 추억이 담긴 물건들

이제는 완전히 잊었다고 생각했는데
이 물건들을 보고 있으면 옛 애인과 즐거웠던 추억들이
생각이 납니다.

이별이 올 시에 버리기에는 아깝고
아니면 너무 가슴이 아파 버리지 못하고

어떻게 해야 할지 몰라서 그냥 방 깊숙이 어딘가에
놓아두었던 물건들처럼
이별을 어떻게 정리를 할까 생각하지만
그렇게 쉽게 마음에서 지워 내기는 어렵습니다.

그리고 해마다 돌아오는 봄날에 청소를 하다 우연히 발견해서
또다시 버리려고 생각했다가도 그 물건까지 버리면 더 이상
그 사람이 생각나지 않을 것 같아서 버리지 못하고 있었습니다.

이별 후 그리움이라는 것은 그런 것입니다.

그렇게 잊고 있다가도 우연히 생각 나는 옛사랑에 대한 그리움.
그 추억을 잊고 살라고는 하지 않겠습니다.
왜냐하면 누군가와의 행복했던 추억을
늘 간직하고 싶어 하는 것이 사람의 마음이기 때문입니다.

추억은 간직하되 이제 마음에서는 놓아주어야 합니다.

그렇게 이별은 시간을 따라 흘러가도록 만들어져 있습니다.

마음속 이별이라는 가을의 계절 뒤에

겨울이 되어 소복이 눈이 오면

쌓인 눈 위로 추억이라는 겨울 발자국만 남게 됩니다.

시간이 흘러 다시 봄이 와 겨울 발자국마저 녹아 없어질 때

비로소 나의 마음에서 잊히게 됩니다.

결국 행복하지 않은 날은 없었다

69.

안녕 내 사랑아 고마웠어!

다시 만나자고 이야기하고 싶었지만 그럴 수 없었습니다.
다시 만나면 같은 문제로 똑같은 새로운 헤어짐이 올 것 같아
용기를 낼 수 없었습니다.

누군가가 잊혀지고 있다는 것보다 더 마음 아픈 것은
그 사람과의 추억마저도 조금씩 잊혀 가고 있다는 것일 겁니다.

다시 만나자고 용기 있게 이야기하고 싶었습니다.
분명 그런 마음이 강해져 오늘은 꼭 전화를 해보겠다고 생각해 보았습니다.

하지만 서로가 다시 돌아가지 못하는 이유는

이제는 시간이 많이 흘러

서로가 그때의 너와 나의 모습이 아닐 것 같기 때문입니다.

인생에 있어서 잊지 못할 사랑했던 사람이 존재했던 것만으로도
그 사람은 당신에게 참 고마운 사람입니다.

어디에 있든 누구와 만나든
늘 행복하기를 기도해 봅니다.

결국 행복하지 않은 날은 없었다

70.

좋은 이별은 없습니다.
   하지만 이별에도 예의는 있습니다.

좋은 이별이란 이별 뒤

시간이 지나 더 이상 서로가 생각나지 않는 이별입니다.

하지만 우리가 겪는 대부분의 이별은 가슴 아픈 이별입니다.

그래서 그 힘든 이별을 받아들이는 상대방을 생각해보면

이별할 때는 상대방에게 진심으로 나의 마음을 전달해야 합니다.

그렇지 않고 상대방에게 SNS 메신저, 이메일, 전화로 통보를 한다면

당신은 그런 상대방의 마음을 더 아프게 만들 것입니다.

상대방을 만나서

직접 이야기한다는 것은 참 힘든 순간일 것입니다.

그리고 상대방이 당신의 말을 받아들이지 못하고
다시 한번 생각해 달라고 말할지도 모릅니다.

누군가를 만나자마자 사랑이 시작된 것이 아닌 것처럼
또 SNS 메신저, 이메일, 전화로 사귀자고 한 것이 아닌 것처럼
누군가와 헤어지는 순간에도 사랑을 시작한 그 순간처럼

이별에도 예의는 있습니다.

만약 이별의 순간에
전화로, 이메일로, SNS로 이별통보를 하고
도망가듯이 도망을 쳐버리면

세월이 지나 뒤돌아보면
그때 사랑했던 그 사람에게

조금이나마 예의를 갖추어 이야기해주지 못한 것에 대해
후회하게 되는 것이 사람의 마음입니다.

결국 행복하지 않은 날은 없었다

71.

가끔은 무소식이 희소식입니다.

무소식이 희소식이라고 합니다.
상대방과 연락이 끊겨서 소식조차 알 수 없을 때
나를 잊고 행복하게 잘 살고 있을 것이라고
생각하였으면 좋겠습니다.

그 사람은 그 사람대로
나는 나 나름대로
그렇게 행복하게 잘 살아야 합니다.

하지만 상대방과 좋은 추억은 항상 간직하였으면 좋겠습니다.

그때의 나의 남자친구, 나의 여자친구였던

그 사람과의 나의 추억은

그 시절 그 사람과의 그 시간에서만 존재하기 때문입니다.

결국 행복하지 않은 날은 없었다

72.

이별은 끝을 의미하기도 하지만
  새로운 시작을 의미하기도 합니다.

이별은 참 마음 아픈 것입니다.
그것은 상대방과의 끝을 의미하기 때문입니다.
하지만 너무 슬퍼하지 않았으면 좋겠습니다.

왜냐하면 지금 당신은 이별이라는 끝과
새로움이라는 시작의 통로에 서 있기 때문입니다.

끝이라는 것은 인생 전체에서 보면 한 순간이자 단계입니다.
끝이라는 순간이 지나가면 새로운 순간이 다가옵니다.

만약 계속해서 슬픈 마음으로만 지낸다면

새로움이 당신에게 다가오는 것을
스스로가 막을 수도 있습니다.

결국 이별의 순간은
내가 늘 익숙해 있던 방문 앞에 나와서
그 문을 열고 새로운 방으로 들어가는 시간입니다.

그렇게 생각하였으면 좋겠습니다.

이별은 슬픈 것이 맞습니다.
하지만 꼭 이별이 슬픈것만은 아닙니다.

결국 행복하지 않은 날은 없었다

제5장: 사람

친구는 시대를 공유하는 사람이다.
술 한 잔, 커피 한 잔 마시며
나와 마음을 공유할 수 있는
그런 사람, 나의 친구들

@ 어느 날 오후

73.

친구는 시대를 함께 공유하는 사람입니다.
 자랑할 대상도 부러워할 대상도 아닙니다.

친구는 시대를 나와 함께 공유하는 사람입니다.
그래서 친구를 만나면 마음이 편합니다.

같은 나이 또는 비슷한 나이대의 친구를 만나게 되면
대부분이 나와 비슷한 고민을 하나씩 가지고 있습니다.

그래서 힘든 일이 있거나 고민이 있을 때
친구를 찾게 됩니다.

그렇게 친구와 술 한잔하면
위로도 되고 사이도 돈독해집니다.

그래서 친구 사이에는 특히 욕심과 거짓을 버려야 합니다.

나보다 더 성공한 친구를 보면서
부러워하거나

반대로

내가 성공해서 친구에게
내 자랑만 한다면
친구관계는 깨지거나 멀어지게 됩니다.

친구는 내 자랑을 할 대상도 아니며
내가 부러워할 대상도 아닙니다.

단지 나와 동시대에 살면서 마음으로
의지할 수 있는 사람들입니다.

결국 행복하지 않은 날은 없었다

74.

진정한 친구란
친구의 단점도 이야기해 줄 수 있는 사람입니다.

"참 멋있네요! 좋아 보여요!"
좋은 말들은 누구나 누구에게나 다 할 수 있는 말들입니다.

하지만 "잘 어울리지 않아, 그렇게 좋아 보이지는 않는다."
이런 말들을 쉽게 상대방에게 할 수가 없습니다.

상대방의 기분을 상하게 할 수도 있는 이런 말들로 인해서
굳이 관계를 나쁘게 하고 싶지 않기 때문에
사람들은 상대방에게 진심 어린 말을 잘 하지 않습니다.

또한 진심어린 말로 인해

시간과 노력을 쏟고 싶지 않기 때문이기도 합니다.

하지만 진정한 친구는 나의 장점을 칭찬하기보다는
나의 단점을 보고 진심 어린 조언을 해 줄 수 있는
사람입니다.

이들은 당신과의 관계를 생각해서 말하는 것이 아니라
당신 자체가 좋아서 진심 어린 조언과 격려를 아끼지 않는 것입니다.

그러니 주변에 나에게 진심 어린 조언을 해주는 친구가 있다면
그 친구는 당신의 진정한 친구 일 것입니다.

그 친구의 말에 늘 귀 기울여 주세요.

결국 행복하지 않은 날은 없었다

75.

옛 친구에게 먼저 연락해보기

시간이 지나면
잊힌듯 문득 생각이 나는 사람들이
옛 친구들입니다.

학교에서 혹은 직장에서 만나
그때는 함께하는 가족들보다도 더 많은 시간을
보냈던 사람들인데
지금은 온데간데없고 함께한 옛 추억만 남아 있는 그런 사람들

옛 친구들이 반가운 이유 중의 하나는
나와 추억을 공유했던 사람들이기 때문입니다.

옛 친구들을 만나보세요.

전화번호도 잃어버리고 연락도 끊겨서
연락이 안 된다고요?

서로 사는 것이 바빠서
어색함에 전화하기가 어렵다고요?
어쩌면 그들 또한 당신과 같은 마음이어서
연락을 못 하고 있을 지도 모릅니다.

오늘 이 글을 읽고
핸드폰에 아직 저장된
옛 친구의 번호로 전화를 해보면 어떨까요?

그것이 어렵다면
SNS에서 메시지를 보내 보는 것도 좋을 것 같습니다.

"○○야 정말 보고 싶다!"
"우리 만나자!"

마음이 잘 맞는 친구, 느낌이 좋은 친구보다
더 좋은 친구는 추억이 많은 옛 친구일 것입니다.

76.

\# 오래된 관계는 낡은 관계가 아니라
  완전한 성숙을 의미합니다.

'오래됨'은 시간을 통해 익어간 '성숙' 일 것입니다.

'성숙하다'는 말은
마치 당신의 마음 깊숙이 뿌리내리고 있는 오래된 나무와 같습니다.

우리는 평생 많은 사람을 만나면서
다양한 만남과 이별을 하게 됩니다.

초, 중, 고등학교 친구들
대학교 친구들
동아리 활동을 하면서 만난 사람들

아르바이트 하면서 만난 사람들
그중에서도 아직 연락을 하고 지내는 사람들

그들은 당신과 수많은 시간을 함께하고
당신과의 인간관계에서 때로는 좋았었고
때로는 크게 다투기도 하였지만

아직도 당신의 주변에 남아 있는 그런 사람들입니다.

나에 대해서 너무나도 잘 알고 있고
내가 어떤 것을 싫어하는지 무엇 때문에 힘들어하였는지까지
이미 오랜 시간을 통해서 겪어 왔던 사람들입니다.

부모님
오래 사귄 연인
고향 친구들
당신의 마음속 깊이 뿌리 내린 그런 사람들

너무나도 익숙하기에 늘 항상 있을 것 같은 존재들이기에
가끔은 이들의 편안함이 익숙함을 넘어
나 자신만을 위한 '당연함'이 되어 행동할 때
사람들은 뒤늦게 후회를 합니다.

결국 행복하지 않은 날은 없었다

오래된 사람들

어쩌면 익숙하여 소홀해질 수도 있는 관계이지만

당신 주변에서 당신을 늘 응원하고 있는 가장 소중한 사람들입니다.

77.

나 자신과의 고독을 즐길 줄 알아야
   사람 관계에 휘둘리지 않습니다.

외로움은 나 자신에게 보내는 일종의 슬픈 감정과도 같습니다.
사람들은 혼자 외롭게 있는 날이면
대부분 어떻게 해야 할지 무엇을 해야 할지 몰라 힘들어합니다.

사실 외로움은 사람을 갈망하는 나의 마음에서부터
시작됩니다.

이런 날에는
우선 외롭다는 감정을 인지하고
'혼자 있는 날에 꼭 누군가를 만날 필요는 없다.'는 생각을
내 머리에 입력하면 됩니다.

결국 행복하지 않은 날은 없었다

조금 외로운 마음이 든다고 해서
무작정 메신저에 자신의 기분을 표시하고
친구에게 급하게 전화하는 것 대신에
내가 혼자 있어도 즐거운 장소를 가보세요.

등산을 좋아하면 혼자 등산을 하러 가보고
자전거 타는 것이 좋으면 자전거 타러 가보고
커피 마시는 것이 좋으면 커피점을 가보고
책 읽는 것을 좋아하면 서점에 가보고

우리는 그곳에서 외로움 대신에 고독이라는 것을 느낄 수가 있습니다.
외로움이 나를 슬프게 하는 감정이라면 고독은 나와의 대화입니다.

그래서 외로움이 느끼는 거라면 고독은 즐기는 것이라고 하죠.

이런 나와의 대화를 잘할 수 있는 사람만이
사람 관계에서도 휘둘리지 않습니다.

78.

당신은 이미 사람부자입니다.

하루 여유시간 4시간을 고려하여

1시간에 1명씩 만나거나 전화통화를 해봅시다.

일주일 동안 쉬지 않고 만나거나 전화할 수 있는 사람은 28명입니다.

28명이라는 숫자는 아마 핸드폰에 또는 메신저에 저장된 사람들 수에

비하면 작은 숫자 일 것입니다.

사람에 욕심 낼 필요가 없습니다.

많은 사람을 만나고 싶어도

우선 시간이 허락을 안 해줍니다.

결국 행복하지 않은 날은 없었다

그래서 사람 욕심으로부터 탈출해야 합니다.

주변에 사람이 많다고 행복한 것은 켤코 아닙니다.

오히려 주변에 사람들이 많다 보니
그리고 모든 사람에게 좋은 사람이 되려다 보니
당신 자체가 너무 지칩니다.

오히려 나에게 실망하는 사람들도 생겨났습니다.

지금 알고 지내는 사람만으로도
당신은 충분히 사람 부자입니다.

79.

사람 관계는 배려에서 시작됩니다.

복잡한 지하철, 버스, 공연장, 길거리와 같은 공공장소에 있으면
짜증을 내는 사람을 볼 수 있습니다.

불편하다니 느리다니 옆 사람이 내 귀에 내 눈에 거슬린다든지

화가 나고 짜증이 나는 이유는
사람들은 자신과 다른 사람 사이에
어느 정도 거리를 두고 싶어하는데

다른 사람들이 그런 나의 사회생활 범위를
침범하기 때문입니다.

결국 행복하지 않은 날은 없었다

사람 관계도 대중교통과 마찬가지입니다.

다른 사람이 실수로 내 영역을 침범할 때도 있고

반대로 내가 다른 사람의 영역을 실수로 침범할 때도 있습니다.

나의 실수에 대해서는 웃으면서

'뭐 그럴 수도 있지? 왜 이렇게 화를 내?'라고 생각하면서

다른 사람이 나에게 하는 실수에 대해서는

화를 내면서 용납 못 하는 사람들

공공장소에서 배려가 필요한 것과 같이

사람 관계에서도 상대방을 먼저 생각해 주는 배려가 필요합니다.

배려할 줄 모르면 주변에 사람들이 떠나가게 됩니다.

배려 할 줄 모르면 이기적인 사람이 되고

오히려 사람들이 나를 싫어한다며

자신이 늘 피해를 본다는 생각에 사로잡히게 됩니다.

배려라는 것은 어렵지 않습니다.

내가 조금 손해 본다는 생각으로

상대방을 먼저 생각해 주면 그만입니다.

그렇게 배려 하다 보면
당신의 주변에는 정말 많은 사람들이 모여 있을 것입니다.

배려는
인간관계를 따뜻하게 만들어주는 시작입니다.

80.

처음부터 인간관계를 잘 하는 사람은 없습니다.

사람 관계가 어려운 이유는
서로가 너무나도 다른 사람들이기 때문입니다.

나를 평생 보고 살아온 부모님이나 오빠, 형, 동생들하고도 부딪히는데
가족이 아닌 다른 사람들은 더 그렇습니다.

강가에 있는 돌들을 보세요.
물살에 의해 돌들끼리 부딪히고 부딪히면서
그렇게 모나지 않은 돌들이 되었습니다.

부딪히고 부딪히다 보면 사람 관계를 하는 데 있어도

많은 것을 배울 수 있습니다.

그렇다고 일부러 부딪히라는 것은 아닙니다.

하지만 다른 사람으로부터 상처받는 것을
너무 두려워해서는 안 됩니다.

사람 관계를 잘하는 사람들도
처음부터 그렇게 잘했던 것은 아닙니다.

이들도 상처받고
거기에서 교훈을 얻고
그렇게 인간관계를 잘 할 수 있게 되었습니다.

결국 행복하지 않은 날은 없었다

81.

인간관계에 부정적인 생각과 이유 만들지 말기

먼저 연락을 하고 싶은 사람도 있고
나에게 먼저 연락이 왔으면 좋겠다는 사람도 있습니다.

먼저 연락을 하고 싶은 사람에게
우리가 연락을 선뜻 하기 어려운 이유는

'너무 연락하지 않아서 서먹할 거야.'
'왠지 상대방이 내가 필요해서 연락한 것처럼 생각하지 않을까?'
'아마 지금 많이 바쁠 거야.'
'나랑 연락하는 것을 좋아하지 않을 거야.' 등

이유를 만들기 때문입니다.

상대방도 나에게 연락을 하지 못하는 이유가
나와 비슷할 것입니다.

사람들은 이렇게 인간관계에 있어서
부정적인 생각을 먼저하게 되고 그에 대한 이유를 만들고
합리화하는 경향이 있습니다.

우선 부정적으로 생각하는 습관을 버려야 합니다.
'연락을 안 받아 줄 거야'
'연락하면 바쁘다고 하겠지'
위의 두 내용 모두 아직 결과를 알 수 없는 나의 추측일 뿐입니다.

그리고 부정적인 생각에 대한 이유를 만들지 말아야 합니다.
이유를 만드는 순간 이유가 당신이 상대방에게 다가갈 수 없게
상황을 합리화시키고 그렇게 움직이게 만듭니다.

그래서 사람 관계를 잘 하기 위해서는
우선은 다가가서 먼저 연락도 해보고 대화도 해 보아야 합니다.

함께 놀러 가고 싶은 사람이 있으면

먼저 연락해보세요.

아마 결과는 승낙이거나
거절일 것입니다.

승낙을 받으면 좋겠지만
거절 받았을 때도 더 이상 부정적인 생각과 이유를 만들어서는 안됩니다.

부정적인 생각과 이유가 사실이 아닐 확률이 높습니다.

또한 부정적인 생각과 이유는
당신이 다음번에 그 사람에게 연락하는 것을 꺼려지게 만들어
그 사람과 친해질 수 있는 기회를 놓칠 수 있게 만듭니다.

82.

상대방의 입장에서 서 있어야 합니다.

당신과 상대방은 살아온 날과
살아오면서 겪은 경험들이 다 다릅니다.

설사 같은 상황이었다고 해도
서로가 받아들이는 느낌 또한 다르기 때문에
결코 같을 수는 없습니다.

그러다 보니 상대방이나 당신이 서로에게
이해하지 못할 행동을 하면
'저 사람은 왜 저럴까?' 하고 의문을 가지거나
'아 답답해!' 화가 날지도 모릅니다.

그런 상황에서 무조건 나만 옳다고 하면
상대방과의 관계는 점점 더 멀어지게 됩니다.

그럴 때는 우선 서로를 인정해 주어야 합니다.

서로가 다른 사람이라는 것을 우선 인정합니다.
그리고 서로가 살아온 삶 또한 인정해줍니다.

그리고나서 그 사람을 다시 한번 봐주세요.
그 사람이 처한 입장에 서서 말해주세요.

그러면 그 사람이 왜 그런 말을 하고 행동하는지
이해할 수 있게 됩니다.

83.

사람 관계는 마음을 비워야 합니다.

어떤 것이든 오래 놔두면
향과 맛 그리고 색이 변하기 마련입니다.

좋은 것들은 오래 놔두면
그 향과 맛이 그윽해 지지만

나쁜 것 들은 오래 놔두면
색이 변하고 악취가 나며 맛도 변하게 됩니다.

사람의 마음도 그렇습니다.
미워하는 마음, 상처받은 마음을

결국 행복하지 않은 날은 없었다

오랫동안 가지고 산다면

그 마음이 커져서
처음에는 즐겁지만 않던 것이
나중에는 증오, 불행으로 바뀌어
마음 전체를 병들게 할 수 있습니다.

그래서 가끔은 모든 것을 내려놓고
마음을 비워야만

사람으로부터 온 깊은 상처가 치료되고
나 자신도 거기에서부터 자유로워질 수 있습니다.

84.

말은 의사전달만 되는 것이 아니라
 감정도 함께 전달됩니다.

무심코 상대방이 당신에게 내 뱉은 말이
당신에게 마음의 상처를 줍니다.

상대방도 마찬가지입니다.

그래서 아무리 내 말이 논리적으로 맞더라도
상처를 주는 말로 상대방에게 시작해서는 안됩니다.
그리고 그렇게 끝내서도 안됩니다.

상대방이 내 말에 화가 났을 때
'내 말이 맞는데 왜 화를 내고 상처받는지 이해가 안 된다.'

결국 행복하지 않은 날은 없었다

식의 생각은 상대방에게 또 한번 상처를 주게 됩니다.

네! 당신 말이 맞습니다.

하지만

같은 말이라도
담는 그릇에 따라서
상처도 되고 조언이 되기도 합니다.

말이라는 것이 그렇습니다.

말은 의사전달도 되지만
감정도 함께 전달됩니다.

당신의 옳은 말에도
상대방이 수긍을 못 하고 화를 내고 실망을 한다면
당신의 말에 들어가 있던 감정적인 부분이 그 사람에게
상처를 주었을지도 모릅니다.

아마 당신이 한 옳은 말에
'너 말은 항상 틀려, 내 말이 맞지 않아?'

'역시나 너말이 틀렸잖아 안그래?'

"모르면 그냥 내 말대로 하자."

"역시 너가 그렇지."

라는 감정이 들어있는지 생각해 보시기 바랍니다.

85.

\# 올해가 다 가기 전 마음에 담아 두었던 사람과
　용기 있게 먼저 대화해보세요.

정말 첫 만남은 좋은 사람으로 시작하였는데
어떤 이유로 인해 관계가 틀어진 사람

내 자존심 때문에 지금까지 미안하다는 말을 못 했으나
내가 미안하단 말을 꼭 해주고 싶은 사람이 있다면

내 마음에 담아 두지 말고

올해가 다 가기 전에
먼저 용기 있게 대화를 해보세요.

이런 사람들에게 먼저 연락을 해서
이야기 할 수 있다면
당신은 새로운 친구 10명보다 더 소중한 친구 1명을 얻게 될 것입니다.

첫 통화는 참 어려운 통화가 될 것입니다.
주소록에서 전화번호를 찾아서 전화 버튼을 누르는 것도
한참 망설일 수도 있습니다.

전화해서 지난날의 일에 대해서
우선 상대방의 입장에서 친구의 마음을 위로 해주세요.
그리고 나서 나의 서운함을 이야기해야 합니다.

그 순서가 바뀌어서는 안 됩니다.
상대방에게 나의 이야기를 먼저 하고 이해해 달라고 하면
상대방은 당신의 이야기를 처음부터 들으려 하지 않을 것입니다.

우선 상대방의 이야기를 들어주고
내가 그 사람의 입장에서 잘못한 것이 있으면
그 사람을 위해서 먼저 미안하다는 말을 꼭 해주세요.

내가 말하고 싶은 사과가 아닌
그 사람이 듣고 싶은

진심 어린 사과를 해야합니다.

그리고 그 대화가 정말 상대방이 느끼기에 진심 어린 사과였다면
그 사람과 다시 좋은 관계를 이룰 수 있습니다.

또한 전화 통화 후에는
의외로 아무것도 아닌 일로 화를 내고
그렇게 관계가 멀어졌다는 것을 알게 될 것입니다.

올해가 가기 전에 꼭 먼저 대화를 해보세요.
그러면 기적과 같이 그 사람과의 관계가 좋아질 수도 있습니다.

86.

가장 최악의 사람은
  자기 자신 밖에 모르는 사람입니다.

주위에 자기 자신 밖에 모르는 사람이 있습니다.

받을 주는 알지만 사람들에게 나누어 줄 주는 모르는 사람입니다.

다른 사람들의 아픔을 전혀 이해하지 못하고

자신의 아픔은 누구보다도 위로받고 싶어 하는 그런 사람입니다.

도와주고 싶은 마음에

그것이 어떤 물건이 되었든 마음이 되었든지 간에

그 사람의 일을 내 일처럼 걱정 해 주었지만

고마움이 그 순간뿐인 그런 사람입니다.

이런 사람들과 인간관계를 단절할 필요는 없지만

거리감을 두고 연락을 줄일 필요는 있습니다.

결국 행복하지 않은 날은 없었다

사람은 누군가에게 도움을 주면
내심 그 사람에게 다시 받고 싶은 마음이 있습니다.

대부분은 받은 것에 대해서는 마음이라도 돌려주고 싶고
준 것에 대해서는 마음이라도 받고 싶은 것이
사람의 마음입니다.

그런데 자기밖에 모르는 사람한테는
이런 것들이 통하지 않습니다.

그래서 도와주고도 막상 기분이 좋지 않고
서운한 마음이 듭니다.

도와주는 사람도 다른 사람을 도와주면서 행복감을 느끼는 것이니
서운해해서는 안 된다는 말이 있지만
자기 자신 밖에 모르는 사람으로부터 "누가 도와주랬어?" 라는 말
안 듣는 것만으로도 다행일지도 모릅니다.

자기밖에 모르는 사람과는 거리감을 둡시다.

어차피 필요할 때 당신이 다가가지 않아도
다가올 사람입니다.

87.

나를 함부로 대하는 사람

나를 함부로 대하는 사람 때문에
당신의 지금 이 순간이 불행해서는 안 됩니다.

당신을 함부로 대하고 소중히 생각하지 않는 사람 때문에
상처받고 실망한 적이 있을 것입니다.

당신을 함부로 대하는 사람은 쉽게 변하지는 않습니다.
그 사람은 늘 당신을 아프게 합니다.

그래서 그런 사람이 주변에 있다면
우선 진심으로 당신의 마음을 그 사람에게 이야기해 보기를 권해드립니다.

결국 행복하지 않은 날은 없었다

왜냐하면 정말 그 사람이 당신에게 상처를 주고 있다는 것을
인식하지 못하고 행동하고 있을 수도 있기 때문입니다.

그리고 그 사람과의 더 나은 인간관계를 위해서는
이런 진심 어린 대화를 계속 미루어서는 안 됩니다.
어렵고 하기 싫은 이야기일지도 모릅니다.

하지만 당신의 오늘 이 순간이 그 사람 때문에 불행해져서는 안 된다는 것과
그 사람과 더 감정적으로 악화 되는 것을
막기 위해 대화를 해보아야 합니다.

만약에 대화하자고 했을 때
대화 자체를 원하지 않고 당신을 계속해서 무시한다면

그냥 당신도 무시하면 됩니다.

그 사람은 당신을 처음부터 신뢰나 존중의 마음을 가지고 대하려고
노력조차 하지 않는 사람이기 때문입니다.

당신을 소중하게 생각해 주지 않는 사람입니다.
그런 사람을 바꾸려고 하지도 마세요.
그냥 가볍게 무시하면 됩니다.

88.

말을 툭툭 내뱉는 사람

직장에서 모임에서 친구들 사이에서
당신에게 말을 툭툭 내뱉는 사람들이 있습니다.

그러면 나도 화가 나서 아무리 옳은 말이라도
그 사람의 말보다는 내 기분이 나쁘다는 생각이 먼저 듭니다.

말이 그릇에 담긴 내용물이라면
말에 섞여 있는 감정은 내용물을 담는 그릇과 같은
것입니다.

툭툭 내뱉는 사람들도 사실 자신의 그릇보다는 내용물에 대해서

결국 행복하지 않은 날은 없었다

다른 사람들에게 전달하고 싶어 합니다.

단지 내용물을 담을 그릇을 잘 만들어야 하는데
말의 그릇은 생각하지 않고 내용물만 툭 내뱉습니다.
그래서 상대방도 화부터 납니다.

상대방의 그런 말투를 쉽게 바꾸기는 어렵습니다.

그래서 말의 그릇을 보려하지 말고
안에 담긴 내용물만 들으려고
의식적으로 노력을 해보세요.

'이 사람이 하는 말은 열심히 하자는 말이구나.'
'이 사람이 하는 말은 잘 지내자는 말이구나.'

감정이라는 그릇보다 말의 내용물만 들어보세요.

이런 훈련이되면 그런 사람들이 하는 말에
화가 나거나 흥분하지 않고 들을 수 있고
오히려 침착하게 대답을 해 줄 수 있습니다.

말을 툭툭 내뱉는 사람에게

침착하게 웃으면서 이야기 해 줄 수 있는 사람
얼마나 멋있나요?

결국 행복하지 않은 날은 없었다

89.

받으려고만 하는 사람

무조건 받으려고만 하는 사람이 있습니다.
받는 것에 익숙하지만
고마움을 표현할 줄 모르는 사람입니다.

사실 누군가에게 나누어 준다는 것은 즐거운 일입니다.
내가 가진 능력이나 좀 더 가진 것들을 다른 사람들에게 주는 것만큼
보람되고 행복한 일도 없기 때문입니다.

하지만 늘 받기만 하는 사람이 있고
그 사람에 대해서 내가 서운한 감정이 든다면
주는 것을 지금이라도 멈추어 보세요.

주는 것을 멈출 때 받으려고 하는 사람의
진정한 모습이 당신에게 보이기 시작할 것입니다.

그리고 당신에 대해서 오히려 서운해하거나
더 이상 연락이 없다면
상대방을 바꾸려고 하지마세요.
굳이 먼저 연락 안하셔도 됩니다.

90.

당신에게 관심이 없는 사람

반가워서 연락을 받으면
늘 나에게 필요한 것이 있어 연락오는 사람

나랑 약속을 하고도
약속 날 당일 그 약속을 쉽게 취소하는 사람

맨날 조만간 보자 이야기하고
1년이 지났지만 조만간 보자고만 이야기하는 사람

이런 사람들한테 상처받을 필요 없습니다.

이 사람들은 당신에게 관심이 없습니다.

당신 또한 당신의 인생에서
이 사람들을 내려놓으면 그만입니다.

왜냐하면 이런 사람이 당신에게 있든 없든
당신은 행복하게 잘 살 수 있기 때문입니다.

결국 행복하지 않은 날은 없었다

91.

이런 사람들 때문에
   마음 아파하지 마세요.

메시지를 매번 보내면 답이 없거나

메시지가 지구 한 바퀴 돌고 온다면

먼저 연락하지 않으셔도 됩니다.

이런 사람들은 당신을 소중하게 생각하지 않는 사람들입니다.

아마 당신이 필요할 때나 연락하고

연락도 자주 안 할 사람들입니다.

내가 맛있는 밥을 사고도

다음번에는 낼 줄 모르는 사람이라면 연락하지 않아도 됩니다.

늘 그 사람과 만날 때는 당신이 맛있는 밥을 사게 될 것이기 때문입니다.

늘 핑계를 대는 사람하고는 큰일을 논할 필요가 없습니다.
그 사람은 늘 핑계를 댈 테니 말이죠.

"다음번에 잘 할게!"라는 말을 매번 하는 사람에게는
큰 기대를 할 필요가 없습니다.
그 사람은 늘 그 말을 당신에게 들려 줄 것이기 때문입니다.

그래서 이런 사람들 때문에

당신이 마음 아파할 필요가 없습니다.

92.

\# 이런 사람, 무시해도 됩니다.
　당신을 아프게 하지 마세요.

살다 보면 상대방을 생각하지 못하고
언행을 하는 사람들이 있습니다.

새벽에 전화나 메시지를 보내는 사람
자기주장을 절대 굽히지 않는 사람
그리고 막말을 일삼는 사람

상대방의 입장과 상대방이 지금 처한 환경에
대해서 전혀 고려하지 않습니다.

반대로 이런 사람의 상황이나 감정을 고려하지 않고

다른 사람이 말하거나 행동하면 오히려 화를 냅니다.

굳이 더 말할 필요도 없습니다.
이런 사람, 무시해도 됩니다.
이런 사람들까지 신경 쓰기에는 당신의 하루가 너무나 짧습니다.

상대방을 생각하지 못하는 사람들의 특징은
자기 행동에 대해 쉽게 옳다는 이유를 찾는다는 것입니다.
그리고 그것을 정당화합니다.

남에게 상처 주는 말과 행동을 쉽게 하는 사람 치고
잘 되는 사람 못 봤습니다.
그러니 상처받지 않았으면 좋겠습니다.
무시해도 됩니다.

93.

당신을 싫어하는 사람에게
　당신을 맡기지 마세요.

세상에 모든 사람이 당신을
좋아할 수는 없습니다.

어떤 위대한 사람에게도
천사같이 마음씨 고운 사람에게도
그를 싫어하는 사람이 있기 마련입니다.

물론 모두가 당신을 좋아해주면 좋겠지만
그것도 상대방에 대한 자신의 바람입니다.

아무리 모든 사람에게 잘해주어도

싫어하는 사람은 언제나 어떤 환경에서도
반드시 생기기 마련입니다.

가끔은 이런 사람들을 포기할 수 있어야 합니다.
왜냐하면 그 사람들은 당신을 계속 아프게 할 것이기 때문이죠.

당신을 싫어하는 사람에게 지나치게 스트레스를
받지 않았으면 좋겠습니다.

그냥 내버려두세요.

결국 행복하지 않은 날은 없었다

94.

모든 사람들에게 좋은 사람이 되려고
　노력하지 마세요.

모든 사람에게 좋은 사람이 될 수는 없습니다.
모든 사람에게 당신이 좋은 사람이 되면
당신이 자신에게 가장 안 좋은 사람이 됩니다.

내가 원치 않지만 만나야 하는 사람들
그런 사람들이 당신을 힘들게 합니다.

그 사람들과 결별하라는 것이 아닙니다.

하지만 지금 당신은 개개인의 사람들이 원하는 틀에 자신을 넣고
좋은 사람이 되기 위해 늘 노력을 합니다.

그렇게 모든 사람들에 다 맞추기 위해
나 자신을 그 틀속에서 계속 맞추다 보면
사람과의 관계에서 내가 상대방에게 답답한
부분들이 해결되지 않습니다.

모든 사람들에게 좋은 사람이 되는 것은
처음부터 어려운 일이 아니라 불가능한 일입니다.

결국 행복하지 않은 날은 없었다

95.

내가 받은 상처를 남에게 돌려주면
  아픈 사회가 됩니다.

누구나 아픈 과거를 가지고 삽니다.
혼자 사는 삶이 아니라 함께 살아가는 삶이기에
누구나 마음속에 타인으로부터 받은 상처 하나는 가지고 있습니다.

나 자신도 나 자신에게 실망할 때가 있는데
수많은 사람과 부딪히며 사는 우리 인생에
다른 이에게 상처받는 것이 일상이 되었을지도 모릅니다.

누구나 말로 표현할 수 없는 자신만의 아픔이 있습니다.
그래서 자신과 비슷한 일이라고 느껴지거나
실제 그렇지는 않지만 그렇게 느껴지는 일이 있으면
우선 화가 나게 됩니다.

사람들은 자기도 모르게
화가 나서 나와 전혀 상관없는 사람인데도
전후 사정은 생각하지 않고 우선 악플을 단다든지
근거 없는 소문을 낸다든지 하는 그런 행동을 합니다.

그리고는 말합니다.
"너만 아니면 되잖아? 그런 말 할 수도 있는 거 아냐?"

이렇게 무심코 내 중심적으로 한 말이
상대방에게는 큰 아픔이 될 수 있습니다.

사회가 복잡해지고
삶이 더 팍팍해진다해도

내가 받은 상처를 다른 사람에게 돌려주게 되면
아픈 사회가 됩니다.

그리고 그 아픈 사회가 언젠가는 나에게 다시 돌아와
나를 더 아프게 만들 것입니다.

소셜네트워크(SNS)가 활성화되고 많은 것들이 공유되고
개개인의 생각도 대중들에게 표현할 수 있는 세상이 되었지만

결국 행복하지 않은 날은 없었다

이런 세상에서 가장 중요한 것은 근거 없는 악플 근거 없는 소문
그리고 욱하는 마음에
나의 상처를 다른 누군가에게 다시 전달하지 않는 것입니다.

지금 우리가 겪는 모든 과정이
우리 사회가 조금 더 성장하는 계기가 되었으면 좋겠습니다.

96.

당신이 아는 그 사람의 모습이
　보이는 것, 들리는 것과 다를 수 있습니다.

눈으로 보이는 것이 사실처럼 보이지만
사실 눈은 어떤 현상의 뒷면을 볼 수가 없습니다.

손바닥을 지긋이 바라보세요.
손등을 볼 수가 있나요?

손바닥에 가려서 우리는 손등을 볼 수가 없습니다.
사람의 눈이라는 것이 그렇습니다.

귀로 듣는 내용은
다른 사람의 말로부터 전달이 되기 때문에 100% 사실이라고

결국 행복하지 않은 날은 없었다

할 수 없습니다.

들은 이야기를 상대방한테 전달해보세요.
그리고 상대방한테 이해한 대로 이야기해보라고 해 보세요.
내가 들려준 그 이야기 그대로 그 감정 그대로 이야기는 못 합니다.

그래서 보고 들은 내용 만으로 상대방을 단정 지으면 안 됩니다.

보고 들은 것은
참고사항이지 그 내용이 100% 진실은 아닙니다.

그 사람이 의심된다면 그 사람과 직접 대화를 해보세요.

아무리 주변에서 좋은 사람이라 평가되어도
나에게 좋은 감정이 느껴지지 않는다면
그 사람은 나에게 좋은 사람이 아닙니다.

주변에서 그 사람에 대한 안 좋은 이야기를 들었어도
그 사람이 꼭 나쁜 사람이라는 것을 섣불리 판단해서도 안됩니다.

의심이 간다면 그 사람과 직접 대화를 하여
그 사람에 대해 내가 생각하고 판단하면 그만입니다.

97.

누군가를 믿는다는 것은 중간이 없습니다.
  그래서 상처받습니다.

누군가를 온전히 믿는다는 것은 참 어렵습니다.
딱 잘라서 중간이 없기 때문입니다.

누군가를 중간만 믿는다는 것은
믿는 것도 아니고 안 믿는 것도 아닌 것처럼 되기 때문이죠.

결국 믿음이라는 것은 내가 누군가를 온전히 믿거나
아니면 믿지 않거나 둘 중에 하나입니다.

'내 앞의 이 사람을 믿어야 하나, 말아야 하나.' 고민을 하다가
상대방을 믿기로 결정했지만

결국 행복하지 않은 날은 없었다

믿었던 사람으로부터 배신을 당하면
실망하게 됩니다.

당연한 사람의 마음입니다.

그래서 믿었던 사람에게 상처를 받았다면
상대방에게 나의 서운한 마음을 정중하게 전달해야 합니다.

'사실 나는 너에게 참 서운하다.'라는 말
내가 믿었던 사람이기에 충분히 할 수 있는 말입니다.

그리고 상대방의 이야기도 같이 들어 봐야 합니다.
정말 서로가 오해가 있었을 수도 있으니 말이죠.

98.

사람은 늘 한결 같을 수가 없습니다.

사람은 늘 한결같을 수가 없습니다.

밤하늘의 달을 보아도 매일 그 모습을 달리합니다.
초승달이었던 달도 하루하루 지나면서 그 모습이 바뀝니다.

자연도 이렇게 조금씩 변해가는데

사람의 모습도 세월에 따라 조금씩 변해갑니다.

사람은 그렇게 다른 사람에게 한결같은 마음을 가지고
살 수는 없습니다.

결국 행복하지 않은 날은 없었다

그렇기 때문에 우리는 사람의 이런 변해가는 부분에 대해서
인정할 수 있어야 합니다.

'그 사람의 마음이 변했구나'가 아니라
'세월이 지나가면서 그렇게 변해가고 있구나' 라는 것을 말이죠.

상대방의 변화해감을 인정하고
나도 그 부분에 맞게 변해가는 유연성이 삶에서는 필요합니다.

99.

비밀은 상대방과의 약속입니다.

사람들이 흔히 저지르는 실수 중의 하나는
상대방은 나를 전적으로 믿고 속마음을 털어놓았는데
다른이에게는 비밀이라면서도
이야기하는 실수를 범합니다.

내가 해결해 줄 수 없어서 그 사람을 도와준다는 명분 아래에
다른 사람에게 그 사람과의 비밀을 함부로 다른이에게 이야기한다면
그것은 나를 진심으로 믿어준 사람과의 약속을 깨는 행위입니다.

"너무 친한 사람이라 순간 생각없이 이야기했어."
"너를 도와주기 위해서 더 잘 아시는 분에게 물어보았던 거야."

결국 행복하지 않은 날은 없었다

자기중심적으로 이야기하면서
그렇게 상대방에게 이해해 달라고 이야기합니다.

하지만

비밀은 나의 것이 아니라 나를 진심으로 믿고 의지한
상대방이 나에게 털어놓은 속 이야기라는 것

을 잊지 않았으면 좋겠습니다.

단지 그 사람은 비밀번호가 채워진 이야기를 나에게만 준 것이지
다른 사람에게도 비밀번호를 준 것은 아니기 때문이죠.

100.

사람들은 주는 것도 잘 못하지만
  받는 것도 잘 못합니다.

처음 만난 사람에게
커피 한 잔 사기가 쉽지 않습니다.

또한 그런 사람들이
나에게 선뜻 커피 한 잔을 사준다고 하면
부담스럽습니다.

생각보다 우리는 이렇게 다른 사람들에게 주는 것도
다른 사람들로부터 받는 것도 어려워합니다.

처음 알게 된 사람이

커피를 사준다고 할 때 기쁜 마음으로 잘 마시겠다고 이야기해보고

처음 알게 된 사람에게
먼저 커피를 사겠다고 이야기해 보는 것은 어떨까요?

그런 행동들이 꼭 실례가 되는 행동은 아닙니다.
오히려 상대방과 더 친해질 수 있는 계기가 될 수도 있습니다.

101.

참고만 살면 병이 됩니다.

세상을 살다 보면
침묵이 답일 때가 있습니다.
하지만 그러한 침묵은
나 자신에게 큰 독이 될 수 있습니다.

힘들면 힘들다.
기쁘면 기쁘다.

말하지 않으면
아무도 당신 이야기를 들어주지 않습니다.

그리고 웃을 땐 환하게 웃고
울고 싶을 땐 펑펑 울어야
속도 개운하고 내 마음에 쌓여 진
침묵으로부터 자유로워질 수 있습니다.

참고만 살면 병이 됩니다.

102.

조언이 가장 큰 흉기가 될 수 있습니다.

이미 마음이 힘든 친구에게

조언한다는 것은

그 사람의 아픈 부분을 한 번 더 확인 사살하는 것과 마찬가지입니다.

차라리 그 친구를 한번 안아 주세요.

아니면 맛있는 음식을 사준 다거나 커피를 마시면서

기분 전환을 해주고 그 친구 옆에 있어만주세요.

그리고 그 친구의 이야기를

나의 일인 것처럼 열심히 들어주세요.

결국 행복하지 않은 날은 없었다

설사 그 친구의 말이 나에게 와닿지 않더라도
어떤 일이든 한 쪽이 100% 잘못한 것은 없기에
당신의 친구도 참 마음이 아플 거예요.

우리가 굳이 친구의 답답함을 해결해 준다고
조언을 하다가 오히려 친구가 더 상처받을 때도 많습니다.
그래서 때로는 조언 대신에 열심히 들어주는 것만으로도
친구에게는 큰 힘이 됩니다.

103.

조언은 남의 말입니다.

남의 말은 온전히 그 사람 위주의 생각으로 가득 차 있습니다.
하지만 우리는 나 자신이 나에게 들여주는 이야기보다
남이 나를 평가하는 말에 더 민감하게 반응합니다.

성격이 어떻다, 외모가 어떻다.
그렇게 남들이 하는 말에 치우치다 보면
스트레스를 받는 것은 '남'이 아니라 바로 '나'입니다.

남이 하는 말은 참고만 하고 그냥 내버려 두면 됩니다.

단지 상대방이 나에게 해주고 싶은 말일 뿐입니다.

결국 행복하지 않은 날은 없었다

104.

상대방에게 조언을 구하는 방법

직장생활에서 답답한 상황이 생길 때

직장 동료 중 나와 잘 안 맞는 사람이 있을 때

사업이 잘 풀리지 않을 때

연애가 또는 결혼 생활이 원만하지 않을 때

살다 보면 그럴 때가 있습니다.

그럴 때는 진심 어린 조언을 해 줄 수 있는 직장동료

사업을 하며 알게 된 지인

연애와 결혼 상담을 잘해 줄 수 있는 친구를 찾아 조언을 구해보세요.

그리고 그 조언은 상황을 나에게 좋은 쪽으로만 이야기 해주는 것이 아닌
진실된 조언이 되어야 됩니다.

또한 내가 듣기 싫은 말 일수록 마음을 더 열어야 합니다.
자기에게 좋은 쪽으로 이야기해주는 조언에서 위안은 얻을 수 있으나
해결은 되지가 않습니다.

오죽하면
내가 좋아하는 사람이 해주는 듣기 싫은 조언
내가 싫어하는 사람이 해주는 듣기 좋은 조언
둘 중에 하나를 선택해야 한다면

사람들은 내가 싫어하는 사람이라 내키지는 않지만
듣기 좋은 조언을 좋아합니다.

즉, 쓴소리에는 귀와 마음을 닫고 인정하지 않으려고 합니다.

만약 쓴소리에 귀 기울이고 인정하고 행동할 수 있다면

직장생활은 더 원만해지고 잘 안 맞는 동료와도 사이좋게 지낼 수 있으며
사업은 반드시 위기에서 벗어날 수 있고
연애와 결혼 생활에서도 내가 놓친 부분들을 발견할 수 있습니다.

105.

고마움과 미안함은 바로 표현하세요.

고마움을 표현하는 것은 타이밍입니다.
미안함을 표현하는 것도 다음으로 넘겨서는 안 됩니다.

그렇게 도와주고 또 그렇게 상처 주고
시간이 지나서 "고맙다, 미안하다."
상대방에게 이야기하여도

그 당시에 바로 말하는 "고맙다, 미안하다." 보다는
상대방의 마음에 받아들여지는 정도가 다릅니다.

그리고 고마움과 미안함은

진심을 담아야 합니다.

그러기 위해서는
내가 말하고 싶은 고마움과 미안함이 아니라
상대방이 듣고 싶은 고마움과 미안함이 되어야 합니다.

타이밍을 놓친 그리고 진심 어리지 않는
고맙고 미안하다는 말은
상대방이 무슨 말인지는 이해는 하겠지만
받아들이는 마음의 정도는 다를 것입니다.

106.

거절할 줄 모르면 거절당합니다.

거절 할 줄 모르면 거절 당합니다.

단지 나와 관계가 있다고
내가 착한 사람이 되기 위해서
상대방이 기분 나빠하는 것이 꺼려져서

거절하지 않고, "알겠어요," "괜찮아요."라고만 한다면
그 순간만큼은 좋은 사람으로 지나갈지도 모릅니다.

그런데 요청한 시간이 다가오고
내가 그 일을 온전히 해내지 못하거나

내 능력 밖의 일이었는데
도와주었다가 내가 곤경에 처하게 되었을 때

오히려 요청한 상대방에게 내가 미안하다는 말을 해야 하거나
책임을 져야 하는 상황이 오기 마련입니다.

거절할 줄 모르면
그렇게 거절당하게 됩니다.

107.

상대방의 마음이
  참 내 마음과 같지 않습니다.

상대방의 마음이 참 내 마음과 같지 않습니다.
그래서 사람 관계가 참 어렵습니다.

나는 이 친구를 정말 좋아하고 잘 되기를 바라는데
이 친구는 내 기대와 다르게 행동합니다.

왜냐하면 나의 입장에서만 상대방을 생각하고
이해하려 하기 때문입니다.

그래서 어떤 일을 할 때
나의 바람과 함께 상대방을 바라보아서는 안됩니다.

당연히 내가 요청을 하면 해주겠지

상대방은 아마 당연히
상대방이 하고 싶은 대로 할 것입니다.

상대방의 마음을 내 마음에 맞추지 말고
그냥 그렇게 인정해 보세요.

그렇게 하면
상대방에 대한 나의 기대를 낮출 수가 있어
상대방으로부터 상처를 덜 받게 됩니다.

108.

나는 너에게 너는 나에게

나에게 상대방은 첫인상만 좋은 사람이 아니라
보면 볼수록 좋아지는 그런 사람이었으면 좋겠습니다.

나는 상대방에게 첫인상만 좋은 사람이 아니라
보면 볼수록 좋아지는 그런 친구가 되었으면 좋겠습니다.

나에게 오는 인연들은
사람 관계에서 스타일이나 가식을 좋아하는 사람이 아닌
소박하고 진실된 사람들이었으면 좋겠습니다.

나는 너에게 그리고 너는 나에게

서로가 그런 사람이 되고 싶습니다.

그러니 내가 원하는 상대방의 모습이 있다면
우선 상대방에게 그런 내가 되어주세요.

분명 당신은 세상 누구보다도 사랑스러운 사람이 되어 있을 것입니다.

결국 행복하지 않은 날은 없었다

109.

그 사람이 달라진 건지 아니면
  내가 사람 보는 눈이 달라진 건지

마음이 잘 맞는 친구라 생각하고
평생을 함께할 친구라 생각했는데
어느 순간 멀어진 친구들이 있습니다.

시간이 지나면서
그 사람이 달라진 건지 아니면
내가 사람 보는 눈이 달라진 건지

그런데 대부분의 경우에
그 사람은 늘 그대로인데

내가 보는 눈이 달라진 경우가 더 많습니다.

다양한 사람들과의 인간관계 속에 살면서
우리 스스로가 많이 지쳐가고
타인에 대한 자신만의 새로운 정의를 이런 경험에 의해서 만들게 됩니다.

그래서 그 친구의 말과 행동들이
이유 없이 서먹서먹해지는 때가 있습니다.

나와 마음이 더 이상 잘 맞지 않다고 생각 할 수도 있습니다.

그럴때에는 친구에게 나의 잣대를 적용하려 하지 말고
친구 자체를 인정해주면 됩니다.

세월이 변해서 나도 생각이 많이 바뀌었고
내 마음에 잘 맞지 않는다고 해도
그래도 너는 역시 나와 많은 추억을 공유한 친구라고 말이죠.

결국 행복하지 않은 날은 없었다

110.

○○○한 사람 치고 그렇지는 않더라.

"내가 왕년에"라고 말하는 사람
이런 사람 치고 실속 있는 사람은 없더라.

"다음번에는 잘할게"라고
말하는 사람 치고 잘하는 사람 없었고

"미안해"라는 말을 달고 다니는 사람 치고
다시 잘못을 안 하지는 않더라.

화를 쉽게 내는 사람 치고 무서운 사람 못 보았고
남에게 공손한 사람 치고 존경받지 못하는 사람 못 봤습니다.

111.

\# 단지 후배라고 친구라고
  나에게 마음도 없는 사람까지 신경 쓰지 말자.

단지 후배라고 친구라고
나에게 마음도 없는 사람까지 신경 쓰지 맙시다.
그러지 않아도 됩니다.

나와 같은 학교를 다닌 선후배 그리고 친구였다고
또는 잠시나마 인연을 함께한 사람이었다고
그렇게 관계에 관계를 맺은 사람들이기에
무언가 내가 잘 해줘야 할 것 같은 그런 사람들은 누구나 있습니다.

그런 관계를 생각해서
관심을 가지고 대하고 또는 도와주었지만

결국 행복하지 않은 날은 없었다

상대방은 나의 마음과 같지 않은 경우가 종종 있습니다.

그런 사람들 때문에 당신이 마음 아파할 필요가 없습니다.
그 사람은 당신에게 관심이 없습니다.

단지 필요할 때 연락 정도 하는 사이니깐요.

후배라고 친구라고
당신에게 마음도 없는 사람까지
신경 쓰지 않아도 됩니다.

112.

좋은 인연

결혼식장에서 우연히 만난
옛 대학교 친구들 그리고 옛 직장 동료들

그 들 중에 나와 좋은 관계로 헤어진 그런 사람들을
우연히 결혼식장에서 다시 만나게 되면 반갑습니다.
굳이 노력하지 않아도 말이죠.

인연이라면 굳이 내가 노력하지 않아도 다가옵니다.

좋은 인연은 나를 아프게도 힘들게도 지치게도 하지 않습니다.
억지로 웃을 필요도 없고

결국 행복하지 않은 날은 없었다

억지로 맞장구칠 필요도 없고
싸울 일도 없고
자존심 세울 일도 없습니다.

좋은 인연이라면 노력하지 않아도 늘 반갑습니다.

113.

친하지만 친하지 않은 친구

친한 친구입니다.

우리는 남들이 보았을 때 분명 친한 친구가 맞습니다.

그렇게 믿고 의심하지 않았습니다.

하지만 나이가 들고 그 친구의 잘 나가는 모습을 보면

스스로가 비교되는 관계가 되었고

옛날처럼 추억 이야기하고 시시콜콜한 이야기를 하고 싶지만

언제부터 연봉이 얼마다 회사가 어떻다 등

더 이상 시시콜콜한 이야기를 할 수 없는 관계가 되었습니다.

결국 행복하지 않은 날은 없었다

그 친구 앞에서는 "너 어떻게 그렇게 성공했어? 대단하다."
이런 이야기를 하면서 막상 부러움 반 질투 반입니다.
그러다 보니 이 친구를 만나면 반갑지 않습니다.

나이가 들면
점점 더 살아가는 환경 처한 환경이 달라집니다.

그래서

그 시절의 좋은 친구가 되기 위해서는

친구에게 너무 자기 자랑을 하기보다는
그 친구와 옛 추억을 더 나누어 보는
그런 관계가 되어야 합니다.

반대로 진심으로 잘 된 친구에게는
나와 비교하려는 마음을 비워야 합니다.

114.

부모님은 늘 잘되거라 소리를 하십니다.

나의 부모님은 언젠가 내가 가야 할 미래의 나의 모습이고
나는 부모님이 소중히 가지고 있는 나의 어린 시절의 모습입니다.

부모님은 그런 나를 보고
어릴적 당신의 모습을 회상하고 있을지 모릅니다.

그래서 부모님은 늘 당신의 어릴 적 모습을 회상하고
그렇게 당신에게 잔소리 하십니다.

잘되거라고, 잘되거라 소리!
잔소리를 잘 들어 보면 잘되거라 소리가

　　　　　　결국 행복하지 않은 날은 없었다

부모님 말씀에 늘 담겨있습니다.

우리도 부모가 되어 자식을 바라보면
우리 자신의 어린 시절을 보게 될지도 모릅니다.

그리고 우리 부모님처럼 잘되거라고 잔소리를 하고 있겠죠.

115.

핸드폰 연락처에 누구나 가지고 있는 번호

핸드폰 전화번호를 보면

모든 사람이 똑같은 이름으로 가지고 있는 전화번호

아버지, 어머니, 아빠, 엄마.

하지만 누군가에게는 전화번호 저장목록 1번이지만

또 누군가에게는 잘 누르지 않는 번호가 되어 있을 것입니다.

모두가 똑같이 가지고 있는 전화번호

오늘은 그 번호로 전화해서

"사랑합니다." 라는 말을 해보면 어떨까요?

결국 행복하지 않은 날은 없었다

116.

가족이 있어야 하는 이유

가족이 있어야 하는 이유는

가족이 있기 때문에
화가 나도 한 번 더 참을 수가 있고
힘든 시간도 견뎌 낼 수 있으며
자만하지 않고

나 혼자만의 목표가 아닌
가족을 위한 목표를 가지고
더 원대한 꿈을 꾸며 살 수 있으며

내가 힘들 때
나의 말이 옳으냐 그르냐를 떠나서
들어주고 이해해 주고 진심어린 조언도 아끼지 않기 때문입니다.

그렇게 가족은 어쩌면 나의 인생에서
작지만 가장 큰 존재입니다.

소중히 다루어야 할 작은 물건이 있다면
이름표를 붙여 늘 관심을 가지듯이
가족 또한 그런 존재 일 것입니다.

117.

아내와 남편

인생에 좋은 배우자를 만나 결혼하는 것은
다양한 복중에 하나일 것입니다.

이런 배우자는 나의 단점을 보완해주고
배우자의 단점을 내가 보완해 줄 수 있는
그런 관계라고 생각합니다.

아무리 예쁜 아내를 맞이하고 잘생긴 남편을
맞이한다고 한들
서로 잘났다고 네 탓이니 하는 이런 관계라면
과연 행복할 수가 있을까요?

서로의 단점을 인정하고
서로의 단점을 어루만져 줄 수 있는 관계

그것이 어쩌면 부부일 것입니다.

결국 행복하지 않은 날은 없었다

118.

부부는 추억을 먹고 삽니다.

부부가 되어

그 사람이 예전의 자신감 넘치고 멋있는 모습 대신에

힘든 얼굴과 지친 표정으로 당신 앞에 서있어도

당신이 그 사람을 여전히 사랑하고 지지해주는 이유는

흘러간 힘든 세월이 그 사람의 모습을

이렇게 만들었구나 하며

이해해주고 보듬어 줄 수 있기 때문입니다.

결혼 전 그 사람과의 아름다운 추억들

그 추억들을 생각해 보세요.

그 사람은 그때와 변한 것이 아무것도 없습니다.
단지 세월이 흘러 당신마저도 그렇게 변해온 것뿐이죠.

부부는 추억을 먹고 산다고 합니다.

그래서 아무리 세상이 변한다고 해도
험한 세상에 서로 의지할 수 있는 사람은
내 앞에 있는 남편 그리고 아내일 것입니다.

사랑합니다. 하나뿐인 내 남편 그리고 내 아내

결국 행복하지 않은 날은 없었다

제6장: 회사

밤 10시 뚜벅뚜벅 퇴근 후
머릿속에 스치는 한마디
'지구에 살기 위해서는 지구력이 필요하다.'

@ 어느 날 오후

119.

직업을 가지는 이유

우리가 직업을 가지는 이유는
단지 돈을 벌기 위해서만이 아닙니다.

이 사회에 홀로 설 힘을 기르기 위함입니다.

홀로 서 있을 수 있을 때 사회로부터 '진정한 독립'을 할 수 있습니다.

우리는 20대에 부모님으로부터 독립을 하고
남은 30년은 사회로부터 독립을 합니다.

20대에 대학교를 졸업하고 스스로 돈을 벌면서

부모님으로부터 완전히 독립하는 나이라면

남은 30년은 사회로부터 독립을 하기 위해서
직업을 가지고 새로운 도전을 해야 합니다.

직업의 종류는 다양합니다.
장사 또는 사업이 될 수도 있고
프리랜서가 될 수도 있고 회사로의 취업도 될 수가 있습니다.

그리고 어떤 직업을 가지든
직업에 귀천은 없습니다.
다른 직업과 비교 대상도 아닙니다.
단지 같은 직업 사이에 전문가와 비전문가만이 있을 뿐입니다.

또한
명함에 있는 회사의 이름과 직책이 중요한 것도 아닙니다.
명함에 있는 나의 이름 ○○○이 돋보여야 됩니다.

그토록 당신이 믿는 회사가 사업이 당신을 내팽겨 쳤을 때
그때에도 혼자 서 있을 수 있어야 합니다.

그러기 위해서는 ○○○ 전문가 ○○○이 되어야 합니다.

결국 행복하지 않은 날은 없었다

또한 자신이 삶의 주체가 되어야 합니다.
자신이 잘 할 수 있고 심장이 뛰는 일을 해야 합니다.

그런 삶을 산다면

**당신은 지금까지는 패자일지 몰라도
마지막에는 승리자입니다.**

그리고 지금은 다른 사람들의 삶과 큰 차이가 나지 않더라도
5년 뒤, 10년 뒤에는
당신이 원하는 삶을 살고 있을 것입니다.

오늘도 열심히 자신의 삶을 위해
고군분투하고 있을 당신을 응원합니다.

120.

보았을 때 예쁜 옷과 입었을 때 예쁜 옷

옷도 보기에는 참 예쁜데
입어보면 나에게 별로인 옷들이 있습니다.
다른 사람들이 입고 다닐 때는 예뻐 보였지만
막상 내가 입었을 때는 별로인 그런 옷들입니다.

회사도 마찬가지입니다.
회사가 크고 화려해서 입사했는데
내가 들어갔을 때 막상 잘 맞지 않는 회사가 있습니다.

그래서 회사의 기준은 크고 작음이 아니라
내 꿈과 비전을 이룰 수 있는 지 여부입니다.

결국 행복하지 않은 날은 없었다

회사가 얼마나 유명한지
회사가 얼마나 돈을 많이 주는지는 중요하지 않습니다.

왜냐하면 아무리 유명한 회사에 다닌다해도
당신이 유명한 것이 아니라 회사가 유명한 것뿐입니다.

지인들 정도만 인사치레와 같은 빈말 한마디 정도 해줍니다.
"어머 좋은 회사 다니시네요!"
당신이 굉장히 대단한 사람이라 생각하지 않습니다.

옷으로 따지면
"당신 참 아름다워요."가 아니라, "그 옷 참 예쁘네요."
정도가 될 것입니다.

돈을 많이 주는 회사는 또한 그만한 이유가 있습니다.

결국 내가 원하는 직무를 할 수 있는 회사이고
그 직무를 하기 위한 다양한 경험들을 할 수 있는 회사인지가 더
중요합니다.

121.

새로운 사람들 그리고 낯선 환경

새로 산 가죽 구두를 신고 걸으면
뒤꿈치가 까져서 신발을 잘못 샀나
생각하다가도

어느 순간 익숙해져서
언제 그랬냐는 듯이 뚜벅뚜벅 열심히
걸어가게 됩니다.

처음 들어간 회사에서도
새로산 신발처럼
어색한 분위기와 새로운 사람들과의 만남으로

결국 행복하지 않은 날은 없었다

그렇게 첫 시작을 하게 됩니다.

그래서 처음 입사한 회사에서
사람들과 그런 어색함을 피할 수는 없습니다.

다행히 이런 어색함이 어느 순간 없어질 수도 있지만
상대방이 내가 생각한 것 보다
나와 친해지려는 속도가 느릴 때
그리고 내가 그런 부분을 의식하게 될 때
우리는 회사 분위기에 대해 답답함을 느끼게됩니다.

하지만 기억하세요.
모든 것들은 다 시간이 필요하다는 것을요.

시간이 지나면
어느 순간 익숙해진 신발처럼
이 모든 것들이
당신에게도 익숙해질 것입니다.

모든 신입사원 여러분 화이팅입니다!

122.

일과 사람에 있어서는 100%는 없습니다.

일이라는 것이 100%가 없는데

우리는 100% 잘하기 위해서 일을 하곤 합니다.

생각보다 이 일이 나에게 아주 버겁고 어려운데도

오직 100이라는 숫자를 행해 달려가고 있지요.

사실 세상에 100이라는 것은 존재하지 않습니다.

그렇기 때문에 우리의 마음을 조금은 줄일 필요가 있습니다.

2080 법칙이라는 법칙이 있습니다.

이 법칙을 일에 적용해보면

결국 행복하지 않은 날은 없었다

부담되는 일을 80% 정도로 처리를 하겠다고 생각을 해보는
것입니다.

그렇다고 나머지 20%가 일에서 성과를 덜 내는 것을 의미 하지는
않습니다.
나머지 20%는 당신의 마음의 부담감을 줄여 주는 숫자입니다.

그런 마음으로 일을 해보면
한층 마음이 가볍고 일도 빠르게 진행이 됩니다.

그리고 오히려 100%를 달성하려고 하였던 것보다
실제 더 좋은 성과를 낼 수가 있습니다.

일 뿐만 아니라
회사와 직장동료에 대한 기대도
100%가 아닌 80%만 해보세요.

그런 자세로 임한다면
20%에 대한 나의 불만을 내려놓을 수가 있기 때문에
내가 마음에 들지 않는 직장동료와도 원만하게 지낼 수 있습니다.

123.

\# 밤하늘에 별들이 아름다운 이유는
  '함께'라는 것을 알기 때문입니다.

회사를 운영하는 것은 결국 사람입니다.

그리고 세상에 쓸모없는 사람은 없습니다.

단지 그 사람이 당신보다 조금 못 났거나 좀 더 잘 났거나 그 차이입니다.

모든 사람은 각자의 위치에서 최선을 다할 수 있는 존재들입니다.

회사가 잘 되는 것이 어느 누구 하나가 잘나서가 아닙니다.

당신이 쓸모없다고 생각하는 사람

당신보다 못하다고 생각하는 사람과 그리고 당신이

함께 만들어 가는 곳입니다.

결국 행복하지 않은 날은 없었다

밤하늘에 별을 보세요.
밤하늘에 별이 아름다운 이유는
별이 혼자 빛나서가 아니라
모두 함께 빛나고 있기 때문입니다.

밤하늘에 혼자 빛나는 별은 잘 보이지도 않을뿐더러
참 외롭습니다.

124.

나만 그런 것이 아닙니다.

나만 힘들다고 느꼈던 것들
나만 이해하지 못했다고 생각되는 것들
혹시 다른 사람들도 그렇지 않을까요?

'나만 일이 엄청 힘들어
다른 사람들의 즐거운 표정만 보면 알 수 있어!' 라고
생각했는데 다른 사람들도 나름의 고충이 있는 게 아닐까요?

다른 직장 동료들의 행복한 모습, 그 한 컷 만을 보고
그렇게 내가 지금 생각하는 것일 수도 있습니다.

결국 행복하지 않은 날은 없었다

막상 사무실에서는 아니면 내가 참석하지 않는 회의에서는
그 웃음 많던 그 동료들도 엄청나게 스트레스 받고 있을지도 모릅니다.

그리고 퇴근 후에는 나처럼 힘들어하며
그 사람들도 지인들에게 연락해서
어려움을 성토하고 있을지도 모릅니다.

나만 이해하지 못하고 있는 것들
'분명히 사람들이 끄떡끄떡 이는 것을 보면
나만 이해를 못 한 것이 틀림없어!
질문하면 이해력이 떨어지는 사람이 되겠지?' 라고
했던 것들.

알고 보면 다른 사람들도
이해하지 못했을 수 있습니다.
그건 상사나 신입사원이나 누구나 마찬가지입니다.

나만 그런 것이 아닙니다.
그러니 나만 그렇다고 생각하고
스스로 내 마음을 너무 힘들게 하지 마세요.

125.

전문가는 그만의 버팀이 있어서 가능했던 것입니다.

한 분야를 10년 이상 종사한 사람을
우리는 전문가라고 부릅니다.

회사를 선택하고
1년을 일하면 그 분야를 알게 되고
3년을 일하면 그 분야에 대해서 스스로 결정 내릴 수가 있고
10년을 일하면 그 분야에서 리더로서 일할 수 있다고 합니다.

그 이유는 그 사람이 특출날 수도 있지만
10년 이상을 한 분야에 매진한 사람이
우리가 생각하는 것보다 많지 않기 때문입니다.

결국 행복하지 않은 날은 없었다

결국 한 분야의 전문가가 일반 사람과 다른 이유는
그 사람의 능력 외에도 10년이라는 세월을 버티어 낸
그 사람만의 노하우가 담겨있기 때문입니다.

126.

싫어하는 사람

싫어하는 사람과의 갈등은
내가 그 사람이 마음에 들지 않기 시작하면서 시작됩니다.

처음에는 참을 수 있었던 그 사람의 생각과 말투 그리고 행동들도
어떤 계기로 인해서 그런 부분이 커지게 되고
언젠가는 폭발해서 싫어하는 사람이 됩니다.

다른 사람은 그 사람을 싫어하지 않는데
내가 그 사람이 유독 마음에 들지 않는 이유는

결국 행복하지 않은 날은 없었다

내가 살아온 경험을 통해 만들어진
나의 가치관에서 볼 때
그 사람은 나의 기준과 반대 되는 행동을
늘 하고 있기 때문입니다.

그 사람은 당신이 당신을 싫어하는 것에 대해서
알지도 못하거나 관심도 없을 수가 있습니다.

그래서 당신이 싫어하는 사람으로부터
자유로워지는 방법은
그 사람의 삶의 방식을 인정해주고
당신의 마음에서 비워버리는 것입니다.

127.

하고 싶은 일 그리고 마음 맞는 사람

하고 싶은 일만 하고
마음 맞는 사람과 늘 일하면
얼마나 좋을까요?

하지만 하고 싶은 일이 재미가 없어져서
더 이상하고 싶지 않을 때

그리고 마음 맞는 사람과의 관계가 나빠져서
더 이상 좋은 관계를 맺을 수가 없을 때
그때는 어떻게 해야 하나요?

결국 행복하지 않은 날은 없었다

하고 싶은 일을 하고
마음 맞는 사람과 일하는 것은 이처럼 영원하지 않습니다.

언제가는 하기 싫었던 일이
어떤 계기로 인해서 재미있어질 수도 있고
마음이 맞지 않았던 사람도
좋은 관계로 발전할 수가 있습니다.

그러니 '이 일이 내가 하고 싶은 일이다.'
'저 사람이 내가 같이 일하고 싶은 사람이다.'
단정 짓는 것 대신에

내가 지금 하는 일과 내가 지금 함께 일하고 있는 사람에게
묵묵히 최선을 다하면 됩니다.

128.

착한 사람 그만해도 됩니다.

우리 오늘 착한 사람 그만두기로 합시다.

"그 일은 지금 제가 할 수 없습니다. 못하겠습니다."

"그런 말씀은 안 하셨으면 좋겠습니다. 싫습니다."

"저 너무 힘듭니다."

라는 말을 할 수 있는 사람이 됩시다.

내가 그 말을 해야 할 상대방이

친하든 친하지 않든 상관없이 말이죠.

상대방에게 말을 해야 합니다.

말이라는 것은 나의 마음을 상대방에게 전하는 가장 빠른 방법입니다.

결국 행복하지 않은 날은 없었다

그리고 분명하게 말해야 합니다.
빙빙 둘러서 이야기해서도 안 됩니다.

설령 그 말로 인해서 상대방이 불쾌해할지 몰라도
내가 회사생활을 하는데 너무 힘들고 괴롭다면
이야기해야 합니다.

우리 착한 사람 그만두기로 합시다.

당신이 이야기하는 순간
상대방은 다양한 반응을 보일 것입니다.

미안하다고 말하는 사람
미안하다는 말 자체를 잘 못해
뭐 그런 거 가지고 그러냐는 식으로 이야기하는 사람
대충 웃으면서 그냥 넘기려고 하는 사람

하지만
당신이 분명하게 말을 하는 순간
그 사람도 당신이 불편해한다는 것은 알게 되고
다음번에는 최소한 조심은 할 것입니다.

그것도 아니면 최소한 당신이 불편해한다는 것을 알면서도
똑같은 행동을 하고 있을지도 모르지만
그런 상대방도 당신이 불편해한다는 것은
인지하게 될 것입니다.

상대방과의 불편함이 싫어서
정작 힘든 당신을 내버려 두고
지금 주위의 나의 평판처럼
그렇게 착한 사람으로 남아 있다면
결국 마음이 힘들어지는 것은 오직 당신입니다.

결국 행복하지 않은 날은 없었다

129.

책임과 권리

책임을 다하기 때문에
권리가 있는 것입니다.

권리를 행사하면서
나중에 책임을 다하는 것이 아닙니다.

그런데 주변을 보면 책임은 뒤로하고
우선 권리부터 행사하려고 하는 사람들이 있습니다.

그러다 보니 권리만 행사를 하다가
막상 책임질 일이 있으면

책임을 다하지 못하고 조용해지는 사람들입니다.

회사에서 좋은 상사가 되기 위해서 가장 중요한 덕목 중에 하나는
책임을 다하는 것입니다.

그러다 보면 권리는 자연스럽게 따라옵니다.

결국 행복하지 않은 날은 없었다

130.

회사에서 멋있는 상사가 되기

상사는 부하직원에게 명령하고
조직을 강하게 끌고 가는 사람을 이야기하는 것이 아닙니다.
어느 누구나 상사와 함께 일하고 싶은 마음이 들게 만드는 사람입니다.

'저 사람과는 평생 함께 일하고 싶다.'
는 생각이 드는 그런 상사가 되기 위해서는
그 일을 하면서

구성원의 꿈을 같이 이루어 줄 수 있는 상사가 되어야
합니다.

꿈을 같이 이룬다는 말이
구성원의 꿈을 대신 이루어 준다는 것이 아닙니다.
구성원의 고민과 현재의 목표에 대해서 공유를 하고
함께 고민을 해주는 것을 의미합니다.

말을 얼마나 조리 있게 하고 상사 자체가 얼마나 멋있는지는
상사 자신의 능력을 높여주는 것이지 구성원의 현재의 모습이
나아지는 것은 아닙니다.

또한 상사는 어떠한 상황에서도
평정심을 잃어서는 안됩니다.

평정심이라는 것은 힘들고 어려운 상황에서도
현재 놓여 있는 상황에 대해서 동요되지 않고
평안한 감정을 유지하는 마음을 뜻합니다.

사람들은 그런 사람을 오래 알고 싶어 하고
어떤 일이든 함께 하고 싶어 합니다.

왜냐하면 구성원들 자신들도 힘들고 어려운 상황 때문에
불안하기는 마찬가지이기 때문입니다.

결국 행복하지 않은 날은 없었다

당신의 목소리와 능력 때문이 아니라
오직 당신이여서 가능할 수 있는 그런 상사가 되어 보세요.

그리고 구성원의 꿈을 함께
이루어 줄수 있는 그런 상사가 되어 주세요.

131.

회사에서 팀장이란
　샌드위치의 햄과 같은 존재입니다.

신입사원이었을 때
나는 꼭 멋있는 팀장이 되겠다는 생각을 했었고
드디어 시작된 나의 팀장으로서의 회사 생활

신입사원이었을 때는 팀장은 권한도 많고
힘도 있고 그런 존재인 줄 알았습니다.

막상 팀장이 되고 나니
왜 이렇게 처리해야 할 일들이 많은지

오늘도 전무님, 이사님은 우리 팀에 많은 일을 던져 주십니다.

김 대리, 이 주임은 늘 우리 팀에 내려오는 많은 일들 때문에
불만이 많습니다.
이 둘 사이에 끼여서 나는 눈치를 보고 있는 사람이 되었네요.

전무님, 이사님이 내가 일을 못한다고 생각하는 것은 아닌지
김 대리, 이 주임이 나를 무능력한 상사로 보는 것은 아닌지

이들의 중간에서 늘 외로운 팀장의 자리

팀장의 위치는 마치 샌드위치에서 햄과 같은 존재입니다.

왜냐하면 샌드위치에서 햄은
위에 빵과 밑에 빵 사이에 눌려서
엄청난 압력을 받고 있기 때문입니다.

하지만 이것 하나 명심해주세요.
샌드위치의 맛을 좌우하는 것은 당신을 짓누르는 빵들이 아니라
그렇게 고생하는 당신, 햄이라는 것을요.

그렇기에 당신은 회사에서 없어서는 안 될
가장 빛나는 사람입니다.

132.

때로는 주연이 되는 것보다
  조연이 되는 것이 좋습니다.

큰 프로젝트를 맡아서

직접 어떤 일에 주연이 되면 좋겠지만

조연이 되어 일하는 것 또한 가치 있는 일입니다.

왜냐하면 주연보다는 조연에게

다음 영화의 기회가 더 많이 주어지기 때문입니다.

그러니 회사에서 새로운 프로젝트를 맡아

혹은 여러 부서가 모여 의논하는 회의에서 굳이 주연이 될 필요는 없습니다.

주연은 그만큼 부담이 많이 됩니다.

결국 행복하지 않은 날은 없었다

하지만 조연은 조연의 역할만 충분히 잘해도
다음 프로젝트를 맡아서 일할 수가 있습니다.

133.

퇴사를 생각하고 있습니다.

회사생활을 하다 보면
너무 힘들어서 그만두고 싶을 때가 있습니다.
또한 내가 한 일이 아닌데도 억울하게 당하는 경우도 있고
불합리한 일을 겪을 때도 있습니다.

욕먹고 힘드니 월급을 받는다는 말은
위로를 위한 위로지만 참 쓸쓸할 때가 많습니다.
"욕 안 먹고 돈 받으면 안 되나요?"

그래서 직장인들은 마음속에 회사생활의 '자유서'인
사직서를 하나씩 품고 다닙니다.

사직서가 분명 답인 경우도 있지만
지금 당장의 어려움 때문에 자유를 위한
유일한 탈출구가 되어서는 안됩니다.

자유는 나를 속박하는 것으로부터 유연해지는 것이지
회피의 대상이 아니기 때문입니다.

유연해진다는 것은 내 마음으로부터의 강한 속박에서 벗어나
다시 대상을 멀리서 들여다보는 것을 의미합니다.

유연하지 않은 사고의 예로는
'여기서 자유로워지는 길은 오직 퇴사야!'
'여기는 평생 나아질 일이 없어!'
'여기는 늘 힘든 곳이야!'

이런 생각으로부터 우선은 유연해져야 합니다.

정말 사직서만이 답인지
지금의 상황을 개선할 방법은 없는지
정말 힘든 곳인지 아니면 잠시 너무 시달려서 그렇게 보이는 건지

이런 생각들을 다 정리해본 뒤에
퇴사를 결정해도 늦지는 않습니다.

134.

회사에서 나가라고 합니다.

회사에서 자의든 타이든 나가게 되어도
당신이 지금까지 당신의 일에 최선을 다하였다면
그것은 당신의 잘못이 아닙니다.

당신이 못나서 그런 것도 아닙니다.

다만 회사의 환경이 또는 회사사람들이 나와 맞지
않았기 때문입니다.

당신은 분명 다른 회사 다른 사람들을 만났으면
충분히 잘 해낼 수 있는 사람이었습니다.

그러니 최선을 다해 일하였고 마음고생도 많이 하였다면
스스로 너무 자책하지 않았으면 좋겠습니다.

지금의 회사를 훌훌 털어 버리고
보란 듯이 다음 회사에서는
당신의 진가를 보여주세요.

지금의 회사 사람들도 다 들을 수 있게요.

결국 행복하지 않은 날은 없었다

초판 1쇄 발행 2019년 03월 06일
      6쇄 발행 2021년 04월 05일

지은이 이승민
펴낸이 김동명
펴낸곳 도서출판 창조와 지식
디자인 주식회사 북모아
인쇄처 주식회사 북모아

출판등록번호 제2018-000027호
주 소 서울특별시 강북구 덕릉로 144
전 화 1644-1814
팩 스 02-2275-8577

ISBN 979-11-6003-121-8

정 가 15,000원

지식의 가치를 창조하는 도서출판 창조와 지식
www.mybookmake.com